畫神像的·女兒

我的元朗街坊誌

王家敏 著

JPC
HK

關聖[illegible]君

南昌五福車公元帥
五顯靈官華光大帝
忠義仁勇關聖帝君
北方真武玄天上帝
大慈大悲觀世音菩薩
護國庇民天后元君
南海廣利洪聖大王
都天至富財帛星君
金花普主惠福夫人

新鴻基地產堅持以心建家，致力興建優質居所，亦積極培育人才，回饋社會。我們深信建造高質素物業需要有穩固根基，同樣，要培育社會棟樑，亦需要良好的學習基礎。故此，新鴻基地產近年透過「新地開心閱讀」計劃，舉辦不同類型活動例如閱讀創作比賽、作家分享會、年輕作家創作比賽及出版免費閱讀雜誌，鼓勵多閱讀，推動寫作風氣，為培育人才盡一分力。

於二〇〇六年「新地開心閱讀」計劃首次舉辦「年輕作家創作比賽」時，我深深體會到香港年輕一代的創意與識見，只要加以扶掖，他們可以發揮創作潛能。二〇〇八年我們再接再厲，舉辦第二屆「年輕作家創作比賽」，反應較第一屆更為熱烈，作品質素亦比上一屆突出。經過一年努力，得獎作品終於面世，我非常感謝多位資深作家和出版人擔任評審，並為這群有潛質的年輕人提供創作指導，更多謝三聯書店為得獎者出版首部個人著作，支持年輕人實現夢想，在文化領域上躍進發展。

英國著名的作家及哲學家培根（Francis Bacon）有一句名言：「閱讀使人博學，辯論使人聰敏，寫作使人精明。」在瞬息萬變的社會中，我們要多閱讀、多討論、多創作，開拓創意思維，才能不斷求進。我謹向八位脫穎而出的新晉作家致以衷心祝賀，更欣賞所有參賽者將理想付諸行動，他們的努力十分可貴。我希望年輕人能夠自強不息，積極吸收新知識，提升個人學養，實踐自己的理想，活出豐盛人生。

新鴻基地產副主席兼董事總經理

郭炳聯

序二

我懷著欣喜的心情，目睹八位年輕作者的第一本著作問世。他們筆下的城市——香港，是如此多采多姿及令人神往，當中有舊時的居住形態、漁民生活的喜與哀、新界社區的民風與民間信仰，也有金融界精英的自省、甚具特色的建築空間，以至弱視人士的內心世界和追尋書藝之夢的旅程。可以說，這些都不是過往常見的題材，不過都是值得深入探究的，有些更是填補空白之作。

最叫人喜出望外的，是這些年輕人對身邊的人與事，都抱有很深的感情，而且有他們自己獨特的見解與表達方式。當然，寫一本書與寫一篇文章是不可同日而語的偉大工程，我很高興在長達一年的時間裡，他們能以無比的毅力在等待輪選、然後在工餘或課餘時間下完成初稿及不斷修訂補充，以符合各評審和出版社的要求，實在難能可貴！

在此，我要特別感謝六位評審：舒琪先生、許迪鏘先生、何秀萍女士、黃宏達先生、黃永先生及智海先生提攜後進的苦心，從他們後來撰寫情意俱佳的序言，更看出他們是如斯認真看待此事的。我想人生一大樂事，莫過於看見年輕人日漸成熟，以及他們可以達成理想，尤其是今天理想主義彷彿已變成怕人笑話的時候。與此同時，我也要感謝我們的合作機構——新鴻基地產，他們在推動閱讀之餘，也願意撥出資源推動創作。其實，先做讀者再做作者，也是一脈相承的吧！

作為一家紮根香港超過六十年的出版機構，三聯書店一直致力提拔新人，開拓新的題材及出版方向。因為我們深信，公民文化素質的提高，對一個社會以至一個國家的發展，是至關重要的。最後，祝願年輕人的新作可以獲得社會的認同！也希望他們日後還有新的作品面世！

三聯書店（香港）有限公司總經理

曾協泰

畫神像的女兒

丁新豹

尋常的故事，上一代如何在那個艱困動盪的年代告別家園，孑然一身來到舉目無親的陌生之地，沒有白手興家的傳奇故事，只有胼手胝足為養妻活兒而默默耕耘，好讓下一代有個美好的將來；少一分傳奇，多十分真實，作者訴說的正是香港萬千個家庭在半個世紀以來所走過的路，正是您和我的故事。

不尋常的是作者父母所從事的行業，他的父親從原來為人師表，為糊口投身變為寫信先生，再變為經年累月與神祇打交道的神像畫師。儼然是活着的人與先祖神祇間的中介，隨着現代人與祖先的關係漸告疏離，這個行業也漸日落西山，作者訴說的正是這樣的一個故事。

貫穿全文的是作者記憶中孩提時代的生活片段：舊居所見所聞、元朗的天后誕巡遊、回鄉的經歷，娓娓道來，趣味盎然，但描寫的重點仍是人，作者筆下的小人物，無論是算命伯伯、讓不光顧的孩子翻看漫畫的理髮匠、豁達的婆婆、呢喃的昌叔、畫神像的鍾伯，每個人都有一個故事，似曾相識，格外親切，他們是綠葉，但絕不比牡丹遜色。

主角當然是作者的父母，作者通過兒時回鄉的所見、所聞、所思帶出了家族的根，也交代了父親的出身和經歷，在〈我家的觀音〉一文中，作者深情地記述她母親的生活片段——一個技藝（廚藝）嫻熟的賢良淑德的婦女躍然紙上，讀者不難從字裡行間感受到那份洋溢的親情，溫馨感人。

作者對身邊事物有敏銳的觸覺，除了文筆細膩，行文暢達，更難得是有一顆赤子之心，洋溢着童真，故能真摯感人。字裡行間，滲雜着絲絲淡淡的哀愁，是對一個傳統行業式微的喟嘆，也是對逝去的人、地、事的緬懷。

曾與王家敏共事數年，從不知悉她成長於一個畫神像的家庭，更沒有察覺她文學創作的天份，很高興她在日常繁重工作之餘還從事寫作，而且寫得那麼好！

謹綴數言，作為一種鼓勵吧！

善惡簿在咱心上

許迪鏘

新鴻基和三聯合辦的年輕作家創作比賽（我其實不大喜歡比賽這兩個字，寫作不應成為一場比賽，改為「年輕作家徵集」如何？）有一個特別的程序，就是初選「入圍」的作者都要接受「面試」（還是用「面談」較好），我們這些評審（我也不喜歡評審、評判之類的稱號，不如叫遴選員吧）在一天內會見了三四十位入選者，從中再選出十數位開展全書的寫作，成書後又選出最終可以由三聯出版的作品（今屆有八部）。出席面談的年輕人大都表現得大方得體，充滿信心。當然也有的比較緊張，可他們不知道，我其實同樣緊張，要不然就不會認不清王家敏的樣子，以致初次與她在咖啡室會面時看到有樣貌差不多的女子便盲衝瞎撞走過去，幸好家敏及時把我叫住。

在面談時有評審問一位參加者：你的書有甚麼比其他參加者突出的地方？這位參加者於是洋洋灑灑說了一番話。那時我倒很有衝動代他回話，答案很簡單：你讓我入選，我便突出給你看。那日子我重溫了《史記》裡「毛遂自薦」的故事。話說秦國出兵圍趙國首都邯鄲，趙王差遣平原君向楚國求援，平原君準備帶食客「有勇力文武備具者二十人」出使，可湊來湊去只有十九人，這時食客之一的毛遂自薦說：我願意同行。平原君問他：先生，你在我門下有多少日子了？毛遂答：三年了。平原君說：把一個錐子放到布袋裡，錐尖準會顯露出來，先生你在我這兒三年，我連你係「乜水」都唔知，你好打有限喎！毛遂不慌不忙說：我站出來，就是要你把我放到布袋裡去嘛，你如果早把我放進去，我成個錐鋒都突俾你睇，豈止是錐尖呢！（原文當然十分文雅：「臣乃今日請處囊中耳。使遂早得處囊中，乃穎脫而出，非特其末見而已。」末，錐尖；穎，錐鋒。）平原君只好讓他加入，也正因他的智勇，本來只打算作壁上觀的楚國終答應出兵相助。

參加這次「比賽」的朋友，如果能給放到囊中，相信都可以脫穎而出。可是，由於種種條件限制，這個囊就只能放進有限的幾個錐子而已。也幸好有這次活動，讓我們知道香港的錐子其實很多。希望無論得處囊中與否，他們都能繼續努力，寫出紮實的作品，讓廣大讀者認識香港社會與文化的繁花似錦，多元多樣。

我大半輩子在編輯桌上討生活，其中最大的樂趣，就是認識到許多聞所未聞的故事，見所未見的人物。在讀到家敏這部書之前，就從不知道香港會有一個繪畫神像的行業，而其中又包含許多民間習俗和人情世態。

都說中國歷史是王侯將相的舞台，藝術史則文人雅士獨領風騷。凡夫俗子，民間藝人，只能作為一個集體存在，無名無姓，在歷史的長河裡甚至給沖刷得不留痕跡。反躬自省，我們在博物館裡雖然會對無名藝術家的作品驚歎稱奇，但何嘗對身邊放目可及，伸手可觸的民間文化藝術瞄上一眼？更莫說關懷了。

《史記・殷本紀》載：「武丁夜夢得聖人，名曰說。以夢所見視群臣百吏，皆非也。於是乃使百工營求之野，得說於傅險中。」這是說殷王武丁夢見一位聖人，名字叫「說」，他在自己的臣下中去找，都不像夢中所見的人，於是叫一眾官員到民間去搜尋，結果在傅險這地方找到了「說」。這位「說」獲賜姓傅，傅說後來成了殷代的賢臣。那些官員是怎麼找到傅說的呢？顯然是拿着一張「拼圖」去找的，否則他們怎知武丁夢裡的聖人是甚麼模樣？《殷本紀》又載：「帝武乙無道，為偶人，謂之天神。」偶人就是偶像，用泥或木做。可見中國的人像和神像藝術最早在殷代，即三千五百多年前便已存在。當然，殷的「天神」，與後世源自宗教和民間信仰的諸天神佛是兩回事。至遲到元代，國家機構裡有專司塑造和繪畫神像的部門，如元大都（即今北京）有「梵像局」，後升格為「梵像提舉司」，這個司除了負責與神像有關的事務，也兼事繪畫「御容」。當時塑與畫往往是不分家的，因為立體的塑像總會以平面的畫像為基礎。

幾千年來，民間藝人留下了無數藝術珍品，但留下名字的不多，名震中外的敦煌石窟藝術，能知道作者姓名的不出二三十之數。《歷代名畫記》裡有顧愷之、史道碩、戴逵、張僧繇等大名鼎鼎的人物，也有劉殺鬼、王奴兒、劉烏賊等顯然是民間藝人的名字，但除了覺得這些名字有點「搞鬼」，我們再無法知道他們的底細了。

在現實中，在歷史上，這些藝人都只稱「匠」、「工」，並不帶藝術家的名銜。至於他們的技藝，自然也沒有甚麼系統理論流傳下來。《韓非子・說林下》記錄了一位桓赫先生的話：「刻削之道，鼻莫如大，目莫如小。鼻大可小，小不可大也。目小可大，大不可小也。」這大概就是最早的雕刻理論了。韓非子記下這番話倒不是出於對藝術的關懷，只是藉此說明「舉事亦然，為其不可復者也，則事寡敗矣」的道理（做事要留有餘地，不要「做盡」而致不可轉圜，那麼事情就很少會失敗的了）。我手頭上有中國民間藝術收藏家兼學者王樹村的《塑神秘譜》（北京工藝美術出版社），台灣漢聲雜誌《中國民間肖像畫》專號中收錄的《寫真秘訣》，其中的「秘」字，固然有獨得之秘的意思，也像中國其他民間奇技如武術、變臉之類，不無秘不傳人的涵義。而這種秘也大都以「訣」或「口訣」的形式傳達，如《寫真秘訣》中「肥鼻」的要訣是：「豐滿渾元細細評，鼻梁高大自盈盈，形如花插懸中正，厚實全憑虛實明。」一九五八年中國古典藝術出版社出版、秦嶺雲著的《民間畫工史料》也記錄了一些畫工的口訣，如：「先畫鼻子後畫眼，圈個圈兒就成臉」、「文人一根釘，武人一張弓」、「娃娃若要笑，嘴角往上蹺；娃娃若要惡，鼻子挨眼窩；娃娃若要愁，眉梢向下溜」、「凡人美而豔，神仙美而嚴」。這些口訣看來只是繪畫的ABC，怎樣練出丹青妙手，也許就只靠個人的揣摩、磨練，甚至「偷」了。「圈個圈兒就成臉」看似簡單，其中有多少玄機奧妙，又豈是常人所能參透？中國傳統理論會把藝術分為「藝」和「道」兩個層次，文章只是寫得辭藻漂亮，圖畫只是畫得逼真精細，都會給批評為「藝焉而已，未臻於道也」，民間藝術素不入藝術殿堂，只因這些出自不知名藝人之手的作品只能算是「藝」。可現在我們都知道，即使是一個圈兒，其實包含了民間藝人對物象的精確掌握，對人情的透徹了解，他們的「道」，甚至比任何其他的「道」來得更真實更令人有所得着。

近年社會愈來愈重視民間文化，講保育。我覺得其意義不止於懷舊念舊，保存集體回憶，也在於藉此體認當前文化是如何踏着前人腳跡走出來的，只有加深對前人的了解，才能看清自己的路，知道路可以怎樣走下去。

家敏的父親是個「畫神像的」，但他之能成為這方面的「匠」，是因為他讀過書，有文化，並不如我們以為的，匠就只能是個「老粗」。家敏沒有承繼父業（相信不是因傳統上「絕活」不傳女兒的緣故吧），但她懂得尊重、敬惜父輩的技藝，書中對父親落墨雖不多，已足見其兢兢業業、敬業樂業的精神。也許因此家敏連帶對民間文化和信仰產生興趣，在大學裡對香港的傳統神祇和祖先崇拜做過研究，寫過論文，部分成果也融合到本書的內容裡。

她的這部書名為《畫神像的・女兒》顯然有兩重含意，既是對「畫神像的」一生涯的描繪，也是對身為「畫神像的」的女兒內心感受的抒寫。書裡既有知性的一面，也有感性的一面，而讀者從中領受的，還有時代轉變對僅餘的樸素鄉郊生活的侵蝕。發展固然是硬道理，但是否應保留那麼一小個角落，讓淳厚的生活得以延續，值得我們深思。

出於八卦，我曾問家敏，她父親就只是靠一支畫筆，就能養妻活兒，供書教學？她坦率說，父親的另一項主要收入，來自做玻璃（鏡業）。上面我就民間藝術發了一通「高蹈」之論，家敏這部書倒寫得踏實，沒有把民間「神化」，她不想過份從理性和技術層面去解剖和分析，而讓自己的感性有更大的發揮，我欣賞她的這份情意。

對於家敏的寫作，實在的說我並沒有指導過甚麼，她雖然在外國讀大學，但中文底子很好，無須我嘮叨。我做的，像在今屆和上屆個別作品下的「手腳」一樣，不過是拿走一點不必要的文字裝飾。所以讀到她寫：「玻璃神像畫在市場愈來愈普遍，坊間要求更多的花樣，更大的尺寸，更亮麗的顏色，更得體的鏡框，令工匠們費盡腦筋改進構圖，引入透明的彩色顏料，輔以金／銀色的錫紙墊底，讓神像金光閃閃起來，着實較舊日平實的色系更多變。」先則對民間藝術往往反因呼應民間的要求而變得庸俗有一點感嘆，繼而就有一點會心微笑，笑自己是不是太抱殘守缺了。

是的，到中國內地旅遊，盡喜歡看破的爛的，對那些金裝玉砌的新的或翻新過的建築覺得很不是味兒，可細味《塑神秘譜・前言》所引明・陳鐸《樂府全集》裡的一闋小曲《雕鑾匠》（古時雕塑又稱雕鑾、裝鑾、塑作），就心裡釋然了：「木頭兒白楊，刀尖兒蘸鋼，敢做個雕鑾匠。不拘瀝粉滲金妝，花巧玲瓏樣。七寶蓮台，八角輪藏，索落着不費講。剜一尊聖像，刻一個鬼王，善惡簿在咱心上。」這位雕塑師傅，對着要求多多的客人（索落：要求，找麻煩），沒好氣理會，總之世間善惡一一在他心上。

細味本書的讀者，必會想得更多，更遠。

目錄

源流篇

從祠堂到神枱

「你要點茶果嗎？」我舉起相機將村前的「土地公」拍攝下來時，身後戴着闊邊竹帽的中年村婦使勁的叫賣着，帶點本地圍頭話的口音。三數個村婦聚在村口的大樹下，關照每一位途經的遊客，為他們指路或提供涼飲，順帶乘涼。

「請問祠堂在哪裡？」我一面向她們詢問，一面探頭查看木手推車上用綠葉襯着的茶果。

「就在前面，向前行拐個彎便是。」其中一位婦女提點一下，繼續與姊妹們討論雞價貴了。

往祠堂的路上，咬着溫暖軟糯的茶果。村內的青磚屋密密麻麻的排在一起，幸運的依舊服侍着主人，與主人一同老去；青磚上的青苔已斑斑，屋外衣架曬晾着老婆婆的舊碎花襯衫和老公公

幸運的青磚屋依舊服侍着主人，與主人一同老去。

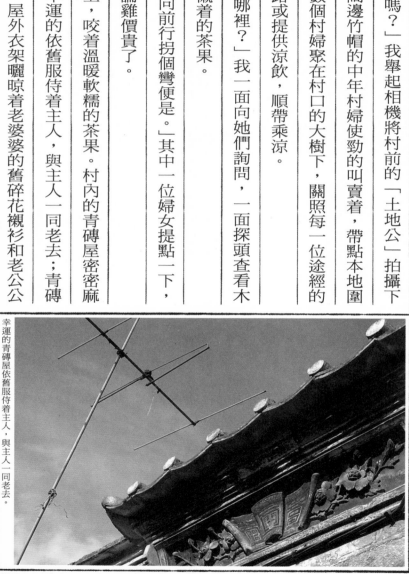

的長布褲；沒有人照顧的屋子早已塌下來，只餘一堆頹垣殘壁。一切來得那麼理所當然。

聽說祠堂是村內風水最佳的地點，通常前有開揚的田地和溪流，後有作靠山的風水林。拐過彎後，被面前翠綠的平原吸引着，未留意身後的祠堂，已緊盯着我這不速之客。

身後傳來鎖匙的碰撞聲。是位伯伯，正拿着鎖匙往祠堂去。

「請問可否隨你入內參觀？」我亦步亦趨的跟着伯伯。他看着眼前這位身上掛着照相機、眼神熱切的遊客，也不好意思拒絕。

伯伯使勁的推開祠堂木門，老舊的木門不大靈活了，木門與麻石門墩摩擦，發出吱吱巨響。祠堂內的神祇們全甦醒了，在神龕上打着呵欠、伸着懶腰。

祠堂的主角——神龕——莊嚴的坐鎮在後進，讓人不得不肅

長久守護着祠堂的麒麟及鰲魚

然起敬。神龕分成好幾層，供奉着數十個神主牌，由上而下整齊的排列着。它們數百年來默默獃在祠堂內，迎着面前一大片的稻田，世代的保佑着後嗣。

伯伯湊近神龕，在桌上拿起一把香枝點燃起來，凝神注視，確保都燃點妥當。餘香飄渺，縈迴在瓦當下，游走在佈滿蝙蝠和牡丹花圖案的木雕上。

「今天由我負責裝香。這是我們習慣，有空到祠堂走走，奉上清香一炷，向祖先問好。」伯伯徐徐道來。

細看神龕上排列井然的神主牌，每個木牌匾均訴說着一位先人的故事。看牌匾的木質及其上的塵埃，便知曉年代最久遠的排在最上層。站在神龕前往上望，神主牌正襟危坐，尊崇威嚴的氣度不言而喻。

如斯細緻的神龕，現今只能在新界鄉村的祠堂內找到，普通

神龕上排列井然的神主牌，每個木牌匾均訴說着一位先人的故事。

家庭的居間是不能想的了，極其量只能簡單的放置一塊牌匾，上書「○門堂上歷代之神位」，在清晨和黃昏奉上清香一炷，以表對祖宗的敬意。

西鐵架空路軌突兀的架在祠堂外遼闊的平原上，列車偶爾駛過，打破四周鄉間的靜寂。

「祖先保佑出入平安，龍馬精神……」伯伯雙手捻着香枝，口中唸唸有詞的求告着。

隨着城市發展及城鄉人口遷移，這在祠堂內的祝禱變得奢侈。

「多到鄉間走走吧。這裡地方確是好住，昔日前面全是稻田，那時還沒有這些高樓……」與伯伯坐在祠堂的麻石門座上，不着邊際的閒聊着。

*　*　*

老舊木門不大靈活，發出吱吱巨響，祠堂內的神祇們全甦醒了。

對眼前的伯伯而言，這裡便是他的家，亦是鄉。他悠然自得的，閒暇時到祠堂走走，向祖先們打個招呼，或偶爾與兄弟們在這裡聚腳閒聊。神龕上的眾祖先們印證着他族群的淵源，族譜上有他的名字。

族譜，一個傳統的名字，對我們這一代人來說，已了無關係，「籍貫」亦只是學生手冊上的一欄資料。

小時曾隨爸媽往家鄉走一趟，感覺一切也是怪怪的；說不出是甚麼作怪，或許是聽不明白的方言，鄉間衣衫破舊的表兄弟姊妹，只有黃牛與田耕的時光，一切與我無甚關係。離我千萬里遠，十多個小時火車的折騰，老遠的揹着手信、藥物、日用品甚麼的回去，為的是爸爸一句「慎終追遠」。

亦正正是這「慎終追遠」，人們將祭祀的信仰帶在身邊。曾聽說有人走難遷徙也將神主牌帶在身旁，到他鄉安定下來，再用

餘香飄渺，游走在佈滿蝙蝠和牡丹花圖案的木雕上。

異鄉的泥土築起祠堂供奉先人。由此，不難理解各樣民間祭祀及祖先崇拜習俗，為甚麼在香港這移民的社會、讓人實踐夢想的小土地上，能蓬勃的衍生着。

對人們、對神祇而言，這片土地可算是「異鄉」。既是「異」，又是「鄉」，並非家鄉；既然在這地立足，馬死落地行，將這兒看作自己的地方，一併將家鄉的一切往這兒搬，在這片土地上建立起來；無論願意與否，他們就在中國沿海這荒蕪小島紮根下來，在陌生的土地開枝散葉。

九百多年前的南宋，這伯伯的祖先徒步來到新界，定居在這充滿靈氣之地。

一五七三至一六二〇年，《粵大記》一書，開始出現「香港」這地名。

一六六九年，「復界」後客家人跟着原居民的步伐，遷居新

「到時你來吃盆菜吧。」我的魚尾紋亦延展着。

界。

一八四一年，大不列顛帝國的旗幟在上環水坑口街（又名「佔領角」，Possession Point）飄揚。

一九四九年，我外公順着香港燈火通明的夜空抵達香港。

一九六三年，我爸經過深圳河偷渡來港。

三十多年前，我在元朗博愛醫院的產房，第一次與爸媽見面。

自小居於香港，除了學生手冊上籍貫一欄的提醒，自問是百分百的「香港人」；相信眼前的伯伯，他身份證上與我和大多數香港人般有着三粒星，代表居港七年以上，擁有永久居民身份。

香港就是這樣可愛，讓一批來自五湖四海的異鄉人，在這片小土地上紮根，將這兒看作永久居留的家鄉，自由發揮本領，各展所長，讓各人的信念、各族群的信仰，在這片小土地上大鳴大

【本地史101：從不間斷的移民潮】

從歷史角度而言，香港從來都是移民的社會。

現稱為「香港」的地方，以往是遠離中原的偏僻沿海地區，少數居民零星的沿海岸聚居。南宋（一一二七至一二七九）末年，中原部份氏族因戰亂南下廣東，定居於新界元朗錦田、屏山與上水一帶，後被稱為「本地人」。他們主要務農維生，亦有個別村民以租佃田地及經營買賣致富。族群聚居一處，重視宗族源流，多在村中建築祠堂作宗族祭祀及族群社區地標。

於清初，清政府為對付明朝遺臣、逃到現今台灣的鄭成功的反清活動，頒佈「遷界令」（一六六一至一六六八），以隔絕鄭成功的海上支援，規定沿海所有居民內遷五十里，現今香港地區均納入遷界範圍。當時沿海房屋、土地荒廢，人們流離失所的苦難日子已湮沒在大堆歷史書中，沒人提起。復界後清政府鼓勵墾荒，中國沿海如江西、

放。

我對這「異鄉」開始多一點認同，多一面的解讀。

各式各樣的民間信仰，諸天神佛及祖先們，亦隨着人們移民到此，百花齊放；「天后」、「關帝」、「觀音」等神祇們，其後又因城市發展，從祠堂、廟宇登堂入室，神樓與神像漸成為你我家居擺設一部份，其中神像，可有出自我父母之手？

對，我的爸媽，正是靠繪畫神像，養活我們一家；順理成章，我是「畫神像」的女兒。

自小家中堆滿玻璃片，上面的祖先神位、「關帝」、「觀音」都有待加工上色，對這既純樸又傳統的製作工藝很感親切。雖然家中「滿天神佛」，但父母從不曾等待運氣來臨，半生在小小的工場內埋頭苦幹的經營，為工場閣樓上那四條「化骨龍」努力着。

福建、廣東惠陽、潮州和嘉應等地的居民紛紛遷至，其戶籍登記為「客籍」，即現今普遍認識的「客家人」，以識別回歸的原居民。

許多遷出的原居民不復返，取而代之是大量客家（來自廣東東江或梅縣）、福佬（或稱鶴佬，來自廣東惠州、海豐及陸豐）及蜑家（又稱蛋家、艇家、水上人等，來自廣東、廣西、珠江三角洲或福建沿岸）族群移居。客家人士分佈香港較偏遠的角落，從事務農或打石、燒灰等工作，福佬及蜑家則以捕漁為生。客籍人士的遷入及少數原居民的回歸，重整香港的族群分佈及地貌。

至近代政局動盪，大量移民從中國內陸湧入，香港的人口自割讓新界前（一八七六年）的十四萬，經歷抗戰、內戰等時期，增至一九五一年的二百二十萬。大量移民湧入，不但令香港社會人口組成多元化，更為香港帶來專才及技術，為日後香港工商業的發展奠下基礎，在獅子山下造就一個個像你我爸媽般的「香港故事」。

自小家中均是下舖上居，天天獃在工場內，看着爸媽日與夜的伏在工作桌上，戴着老花眼鏡在玻璃上繪畫神像，聽着客人們訂製神像，東拉西扯的講述自己的故事：先人的生平、戰時的苦難、上一輩為餬口奔走、下一輩為先人在祖先位上添加名字……

幼時聽着說着，疑問來了。

「我們是否信佛呀？」我初中就讀佛教學校，看着家中擺滿祖先神位、「關帝」、「觀音」與土地公的神枱，好奇的探問正在審核訂單的媽媽。

「不是。」媽沒有意思解說下去，埋頭按着計算機。

「我們是否信道教呀？」其後知悉除佛教以外還有道教，又幼稚的問。

「不是。」爸又沒有意思解說下去，繼續繪畫觀音的臉龐。

這教我懊惱了。有趣的是，宛如爸媽一樣，坊間不大計較

【民間信仰】

「萬物有靈」是中國民間信仰的基本觀念，認為世間一切活物及事物均有着其靈魂。人們對自然事物、靈魂及祖先的崇拜，漸演化成祖先與神祇合二為一，並一併供奉，旨在祈求趨吉避凶，事事順境。民間祭祀沒有正規宗教的教義及章程，自然而然的在民間承傳着。

每個族群都有自己的神祇，如本地人多崇拜土地公、天官等；水上人／漁民多供奉天后（媽祖）與北帝。個別族群因應其生活模式或歷史源流，創造新的神祇，如新界原居民多有祭祀「周王二公」，此神祇為紀念清朝兩廣總督周有德和廣東巡撫王來任，以感謝二公上書朝廷，成功解除居民遷界之苦。

除了源於自然環境、事物及歷史人物的民間崇拜，一些佛教與道教的神祇如觀音、關帝、黃大仙與呂祖等，在民間亦普遍的供奉着，反映香港傳統民間祭祀的多元化。

神祇的宗派與背景，總是儒釋道的與祖先一併祭祀，算是「俗家」。

作為畫神像的女兒，除卻在尋覓信仰上兜兜轉轉外，在工場內倒體會不少「俗家」的人情世故，不比茶餐廳的少。話說回來，這信仰的兜轉未嘗不是祝福，讓我更了解信仰真實的確據。

伯伯瞥見我項鍊上的十字架，「現在後生仔女也不多拜神」，他眼光轉向祠堂外，「但我也着子女多回來走走，到祖先前奉一炷香，在家中要置一套祖先神位，畢竟是自己的祖宗嘛！」

看着祠堂內的神龕，再看看前方西鐵路軌後、高樓處處的天水圍。一樣的民間祭祀，從鄉間至新市鎮，從元朗至天水圍，數十年間演變了，由鄉村的祠堂、廟宇遷移至新市鎮家居的神枱上；一樣的信念，一樣的祝福，數十年來由祖父母輩維繫下來。

驚蟄時咬住肥豬肉的紙老虎，可愛嗎？

還可維繫多久？現今是在祠堂內也可無線上網的年代，說不準。

「……搬不了，就在這兒養老吧。小兒子大了，快搬到天水圍去。就在前面那堆樓吧。」伯伯指着前方的天水圍。雖然就在前方，隔着淡淡的煙霞，看起來卻有點遙不可及。

「……硬留他們在身邊也不行。偶爾回來看看兩老，上上茶樓已很好。」他說。

「他下月便結婚，」他臉上的魚尾紋延展着，「到時你來吃盆菜吧。」

我的亦延展着。

作擋煞用的泰山石敢當

天官賜福

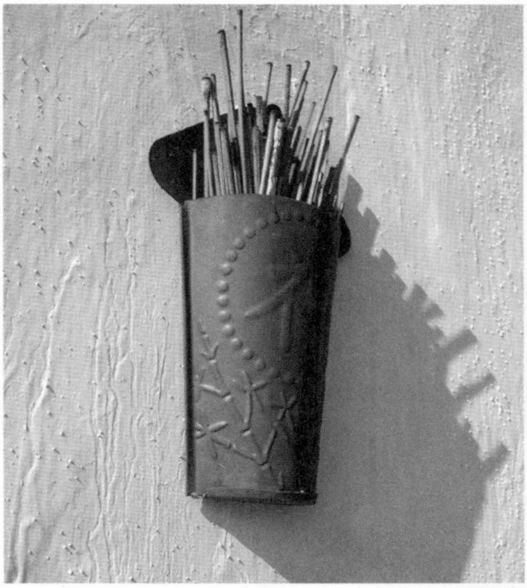

已是上一輩的神靈，一代代的流傳到這狹隘的斗室中。

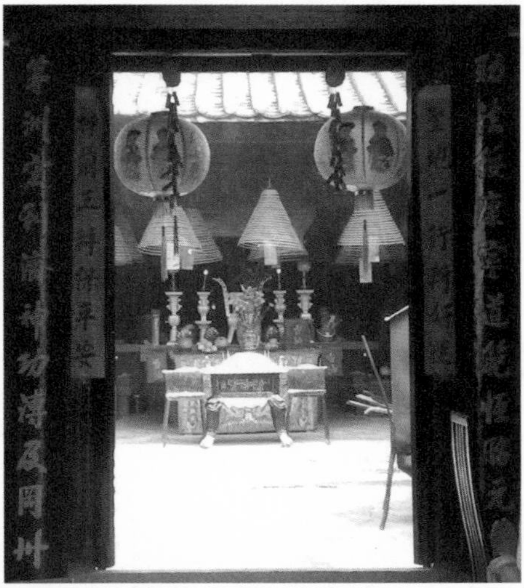

神祇細味着人們失落了的寧謐，靜候有心人為他們奉上清香一炷。

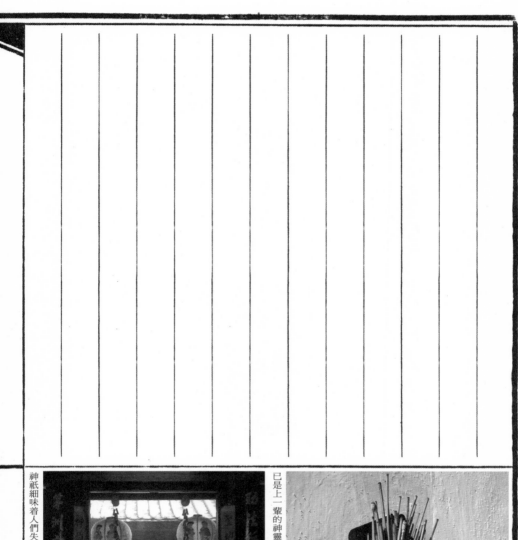

根

你家可設有祖先神位？所謂「祖先神位」，指一塊以金色油漆寫上「〇門堂上歷代祖先之神位」的玻璃片或紅紙，並以畫架鑲起來，莊嚴神聖的供奉在神樓上。

大抵父母大半生從事祖先神位製作，我總覺得家中的祖先神位，多少反映着家庭的故事。以下便是我家的故事。

鄉間照片

* * *

尚未搬家前，我家的神樓擱在工場的一角。神樓分成上、中、下三層，上層放置着「關帝」、「觀音」；中、下層分別安置祖先神位和土地公。

作為人婦，媽媽總會在每天早上與黃昏，為神祇奉上清香一炷；農曆每月初二、十六的做禡日子，更少不了奉上精心炮製的拜神雞、燒肉和水果，並附送孩子們熱切期盼祭祀後的口福。

父親並非新界原居民。作為神像製作工匠，雖說不上「金漆招牌」，但我家的祖先神位卻蠻講究，不是坊間常見，簡簡單單的「〇門堂上歷代祖先之神位」，而是如新界原居民的祖先神位般，記錄着上幾代的名字。

真慚愧，我只有從祖先神位上得知爺爺名「樹英」。大抵直呼長者的名字是大大不敬，因此朋輩們多不知曉他們爺爺的名字，尤其像我父親般在六、七十年代偷渡來港的移民，上一輩逗留在內地，只是偶爾書信來往，或成為我們春節寄出大包小包藥品、衣物、收音機等日用品包裹的「收件人」。

家中沒有族譜，爺爺在我出生前亦已過身，與他緣慳一面。

爸爸初到貴境時很年輕，很瘦。

從祖先神位的名字，加上爸爸口中偶爾透露點滴的兒時故事，與自己幼時回鄉的印象，是我對爺爺印象的所有。

相對充滿鄉土味如「初九」、「八斤」和「吉祥」等，「樹英」的名字隱約透露太爺是知書達禮的知識份子，爸爸亦從爺爺處學得一手好書法，成為他日後維持生計的所長。

太爺的年代未免太過遙遠，但爺爺所處的民初年代卻依稀在書中認識：《狂人日記》、三年零八個月、國共內戰、解放的年代。一切是歷史書上的課題，對我是那麼遙不可及，但原來在時間的長廊中，有位寂寂無名的小人物與我血脈相連，日復日的在鄉間看着春去秋來，面對着新中國的變遷。

或許就是這「血脈相連」，爸總想帶着家眷往家鄉跑，但八十年代改革開放初期回內地的手續十分繁複，回鄉

一九七九年鄉間的家庭照

有位寂寂無名的小人物與我血脈相連，日復日的在鄉間春去秋來。

證、回港證及身份證必須齊備跟身，携帶書本、報章可免則免，就連腕上戴着的電子手錶，也要誠實的在回鄉證上申報。

羅湖入境關卡更像一道有形的「鐵幕」，關員總是不苟言笑的板着臉孔，壓在軍裝帽子下的眼目，漫不經心的瞄着每一位在過境櫃枱前誠惶誠恐的入境者。

站立在過境櫃枱前，雖然眼光不知應往哪裡放，但七、八歲的我已知曉切勿盯着關員，否則休想平安會合在關卡另一邊等待的家人。在這一分多鐘過關櫃枱的旅程，好不容易的屏息着氣，待關員在回鄉證上重重蓋上通行印鑑，方舒一口氣，大步的跨越地上黃色的分隔線。

在過境通道上順着川流不息的人群，緊隨着父母的腳跟和盛滿紅白藍手抽袋的手拉車，我弟妹們總是戰戰兢兢，生怕因跰着分隔人流的鐵馬而失散。父母出發前的叮囑，和聽聞得來有關小

回鄉與鄉間兄弟姐妹的老土合照，右二及一為筆者及表妹。

童失散流落街頭的故事，早已把我們嚇唬得半死。

父母總未能緊緊的牽着我們四名子女的小手，所以只好拜託手拉車的把手或旅行袋的拖帶。每次回鄉旅途對我們而言，猶如一場戰鬥爭拚，旅程中充滿憂心忡忡。

羅湖的火車月台上又是另一場活脫脫的戰爭。看着月台上黑壓壓的人群，擠滿乘客的火車廂，真倒抽一口氣。那真是往廣州的火車？哪可能擠得上呢？不說車廂內的座位，連上落的車門通道均擠得滿滿的。

「往車窗擠吧！」爸爸發號施令，弟妹們來不及吭聲，他已把我們抱起，透過窗戶逐一的往車廂內塞。車廂的乘客亦應着父親的叫嚷，逐一接過我們。這還是我在內地首趟經驗這「同心合力」的協作。

我們在車廂內驚魂甫定，弟弟看着母親微胖的身軀，生怕沒

上一代像樹根，牢牢綁緊在地上，每天靜悄悄的支撐着樹冠上纍纍的綠葉果子。

人能夠把母親擠進來，焦急的「媽媽！媽媽！」叫喊着。看着母親艱困的手足兼用，比朱自清《背影》中的父親更蹣跚的從車窗爬進車廂，爸爸在月台上奮力的推托着母親，我們只有在窗旁手忙腳亂接應的份兒。

相對接下來腿貼腿、背對背的火車行程，和十多小時顛簸不堪、嘔吐不斷的公車困頓旅途。現今內地鐵路網絡已漸臻完善，火車可以貫通大部份的城鎮，因此兒時「搭火車」那困窘的經歷反令人津津樂道。

印象中家鄉就是典型家鄉的模樣：阡陌連綿、禽畜遍佈、溪水淙淙、稻田金黃豐碩，就是尚未開闢的農耕小村落。家鄉的祖屋大抵建於爺爺那年代，有好幾十年了。屋子由青磚和木樑築成，灰水泥巴曖昧的依附在牆上，隨時會塌下來，露出陳年破落的磚面。

阡陌連綿、稻田金黃豐碩，家鄉就是典型尚未開闢的農耕小村落。

雖說這是祖屋，但屋內神龕、神主牌等祭祖擺設均欠奉。除了數張舊木椅和牆上的大紅月曆，祖屋的大廳空空如也，父親的歸來倒令這冷清的屋子熱鬧上好幾個晚上。父親伴着燭光和拍蚊子的聲音，以我一竅不通、猶如外太空語言的鄉話，在門外坐在小木凳上，邊吸吮着長長的水煙筒，邊與鄉親分享在香港日子的點滴辛酸。

「……香港的生活不比這兒容易呀。最初只替人寫信，你知道嘛，家書只是數元，商務信件倒好一點……」爸爸吸一口水煙，煙筒上的煙火隨着吸吮時明時暗，「一走廿多年了。人捱得辛苦……」他的眼光與煙火暗下去。

往後輾轉方知曉，與許多東西一樣，傳統民間祭祀在「文化大革命」的日子是容不下的，族譜因此失傳。沒了家族歷史的依據，我們這一代只能從祖先神位上認識上幾輩的名字，唯一可幸

爸爸的眼光與煙光暗下去，旁為父親吸吮的水煙筒。

的是，自此家族男丁起名不需依照族譜排字罷。

在家鄉那沒有電視的日子，對小孩來說是挺難打發的，除了與弟妹為伍，不是在田間蹓躂，就是打擾着家中僅有的一條黃牛，終日把餵飼的稻草搬到牠跟前撐飽牠。

和弟妹赤腳在村外的小溪戲水，想起爸爸曾提及他生於小康之家，兒時上學時，家中的傭人常揹着他過河，不讓他的鞋子沾濕。嘩！四十年代在鄉間有鞋子穿、有傭人用、有學堂返，讓我們妒忌着爸爸兒時的矜貴；這矜貴相對爸爸來港後的苦日子，真不知他怎樣熬過那生活上巨大的落差，他不諱言是硬着頭皮的「熬過去」。

踏着茂密的林蔭小徑，陽光和煦的從雲間穿透，照亮着眼前豐腴的田野；或許我家三代，曾在這片土地上同留下足跡。同樣的天空，同樣的陽光，同樣的小徑，只是時空不同，讓我們三代

印象中家鄉就是典型家鄉的模樣：阡陌連綿、禽畜遍佈、溪水淙淙、稻田金黃豐碩。

有着不一樣的經歷，不一樣的生命。

像許多六、七十年代偷渡來港的人，爸爸的故事雖然不是轟轟烈烈或可歌可泣，但他偶爾提起的零碎片段，併湊起來又是小說的好材料：一位鄉間教師在火紅的年代被打為右派，被迫隻身逃離家鄉，徒步偷渡，晚間順着被燈光照得通明的夜空來到香港；抵達後一無所有，由零開始，為餬口放下身段，從事各樣粗活，以一枝筆為人寫信謀生開始……

這天爸爸罕有的身穿齊整西裝，帶着我們徒步上山。山上沒有小徑，舉步艱難；親戚更邊揹着祭品，邊攙扶着我們，為的是到爺爺的山墳前拜祭。

山墳待在這荒涼的山頭多年，已認不出當初新墳的形態，泥巴亦露了出來。這是我首趟回鄉，亦是爸爸廿多年來首趟回鄉。

爸爸呆站在墳前。廿多年前，他父親着他離家，逃避即將來臨的苦難。沒有人知曉，這一去竟廿多年，回來時看到的只是山墳，人去樓空。

他低頭以西裝衣袖抹去淚水。

從他在山墳前抽搐的背影，從他喃喃自語，低頭細訴「不用掛心」，濕透的眼眶，透露着未能在父親彌留時返鄉的懊悔，衣錦榮歸背後不為人知的辛酸，與廿年來離家的孤寂，一切默默的在墳前獻上。看着這陌生的背影，方明瞭「回鄉」對爸爸是如此魂牽夢縈。

看着墳墓上陌生的名字，雖然素未謀面，但卻縈繞着上一代的生命，而上一代又將我帶到它跟前。就像樹根，牢牢綳緊在地上，離樹上茂密的枝葉那麼遠，但每天靜悄悄的支撐着樹冠上絮絮的綠葉果子，長久的保守着枝幹的平安。一些祖先神位上寫有「世代源流遠，宗枝奕葉長」的對聯，也許就是這意思吧。

同樣的陽光，同樣的小徑，只是時空不同，讓我們三代有着不一樣的生命。

我們搬家後，新居面積較以往工場小，神枱亦縮小了，就連祖先神位亦變得「迷你」，由以前容納三四代名字的牌匾，現在僅有爺爺那一代能擠在那預製的鏡框內，連以往冠在我們姓氏上、顯示姓氏源流的「太原堂上歷代祖先之神位」中的「太原」兩字也容不下了。

納悶的看着新祖先的神位，有關上一代的故事，大抵只可從爸媽偶爾抱怨「我哋後生嗰陣……」時略知一二。想聽故事，唯有耐心聆聽老人家附帶的喃喃牢騷。

也許，我或可以將我兒時的回憶，為兒子轉化成床邊故事的題材……

各樣民間祭祀及祖先崇拜習俗，在香港這移民社會蓬勃地衍生着。

香港從來都是移民的社會，人們來自五湖四海。

消失了的舊居

「霹啪！霹啪霹啪！霹啪！」清脆的爆竹聲夾雜着一連串單車鈴聲，把我從睡夢中吵醒。

「這麼早便燒起爆竹來，哪捱到新年呢。」心裡咕噥着，睡眼惺忪，眼皮好不容易才睜開一線。窗外晨光一絲絲的透過厚厚的窗簾滲進來，塵埃在光線中載浮載沉。看來窗外是一個陽光和煦的冬日。絲絲光線與塵埃交疊着，這如幻如夢的情景眼熟得很，思緒追溯着，小時候舊居窗外熟悉的落地生根又一次映進眼簾……

* * *

新年真是快到了，天氣漸冷。植根在窗外屋簷上的落地生根在夏天時本肥沃芬芳，開着胖胖的、粉紅的吊鐘花，現在卻瘦削

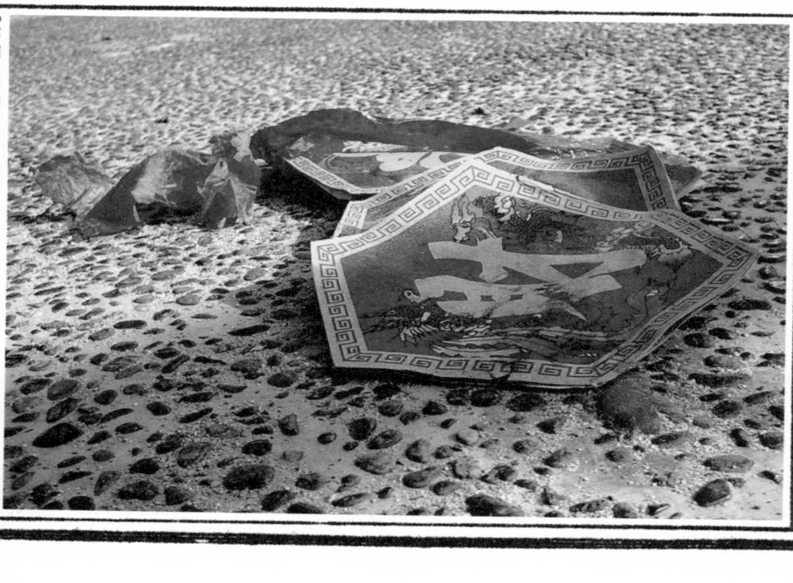

「霹啪！霹啪霹啪！霹啪！」

起來，乾如枯草。媽媽說我快五歲了，想到受媽媽所託，要教導妹妹擦牙和溫書，又納悶起來。

「借過！借過！滾水！」街上單車的鈴聲和人們的叫囂，引誘我從被窩中鑽出來，想走到街上湊熱鬧，湊這趕新年的市集。踢着紅色膠拖鞋，踏着吱吱作響的木樓梯到樓下，爸媽正彎着腰板，在工作枱上埋頭埋腦的與客人跟進神位的訂單，抓緊這新年前的黃金檔期，多造一兩樁生意，多掙一點錢，讓我和妹妹新學年的書簿費有點頭緒。

「……最早的世代要排近中間，近代的在兩旁。令尊有沒有兄弟？」爸爸絮絮的與客人在紙上排列祖先牌上的「字位」，「他們是否健在呢？如果他們不在，亦要將名字放在神位上呀……」

我順着他們繁忙的身影，趁着爸媽不為意，逃避着牙刷和爸媽早晨的咕噥，竄到街上蹓躂蹓躂。

植根在窗外屋簷上的落地生根在夏天肥沃芬芳，現在卻瘦削了。

街上總瀰漫着一股莫名其妙的氣味，或許是街上的溝渠，或是破房子的霉舊氣息，隱隱的從老青磚的隙縫中滲透出來，夾雜着隔鄰木匠工場的木香、媽媽今早為土地公奉上的一炷清香，氣味全混在一起，我也說不出是香、是臭，但憑這曖昧的氣息，我總走不出這戰前的市集。門前那傲慢的花貓懶洋洋的瞄我一眼，打個呵欠後又躲回它的破鐵皮屋內。

幼稚園的我

「叮叮！細路借過！」我身後的人呼喝着。我欠身讓單車超前，卻看到單車上的不是人，是一頭豬！怎麼搞的？肥豬不是磨在地上行，現在卻踏起單車來呢？正莞爾看着肥豬左擺右跌的騎着單車時，大字形躺着的豬腳下，卻有一雙踏着人字拖的腳。啊！原來是一個人揹着一整個豬殼，一個有頭有腳有尾的豬殼，活脫脫是「披上豬皮的人」。這「肥豬」正兇巴巴的踏着單車到街尾的街市，趕着做一味香噴噴的炭爐燒豬。

順着隆冬第一線晨光從屋縫間照進來，街上店鋪的木門板早已陸續趟開，隔鄰木匠的鐵鎚亦叮叮噹噹的工作起來。鐵鎚日以繼夜的鎚着，造出一個個木桶，大的比我家洗澡的紅A塑膠浴盆還要大，探頭進去，我可整個的掉進去。媽說這些木桶，小的用作盛盆菜，大的魚販用作盛魚。我總是半信半疑，那麼大的木桶，那盆菜怎吃得完呢？

鐵鎚打木桶的聲音刻板得很，不及打棉胎的有趣，況且棉胎店的老闆娘好客得很，總會給孩子們一點甜頭，有時是山楂餅，有時是一顆白兔糖，到棉胎店串門子是我的例行節目。想到昨天白兔糖在嘴裡的餘香，腳步不由自主的移近這漫天白朦朦棉絮的小店。

門前那傲慢的花貓打個呵欠，又躲回它的破鐵皮屋內。

打棉胎很是有趣，看着老板娘熟練的上下拉動着木把手，幼細的牛筋在棉被上順着拍子拍打着，牛筋發出「彈彈」聲，附和着拍打棉被的「拍拍」聲，起伏跌盪有序，迎着漫天飛舞的棉絮，偶爾一、兩球棉絮飄落在我的童化頭上，成為媽媽逮着我向人家討糖吃的罪證。含着口中那珍寶珠，看着出神入化的打棉胎，真可磨上一個上午，忘卻惱人的功課和爸媽的牢騷。呀，又忘了「母雞」的英文了。

「你又在這裡討糖吃？真丟人！你跟我一起買菜嗎？」媽媽就是看穿我這秘密，我像被電擊般的站着；但買菜這點子卻令我興奮好一陣子。我一邊拖着媽媽的手，一邊嚷着要幫她提買菜籃。

街市是在街道的末端，亦是元朗新墟「五合街」的市集。每逢趁墟的日子，總是人頭湧湧，聚集着各式各樣的攤檔。爸媽不

上海理髮廳內裡的《老夫子》漫畫雖然已被翻得稀巴爛，但百看不厭。

讓我往街市獨自閒逛，途中遇上的死老鼠及惡犬又令我卻步。

這三數分鐘的路程，總令我大開眼界：門外置有紅、白、藍三色旋轉燈箱的上海理髮廳，內裡的《老夫子》漫畫雖然已被翻得稀巴爛，但百看不厭；理髮師父卻兇得很，漫畫和圖書是顧客的專利，非光顧是不能借閱的；但媽媽想省下這數塊的理髮錢，看來我是與《老夫子》無緣了……

眼光在理髮廳流連着，隨着媽媽的拖帶，又轉移到旁邊的美容攤檔。老闆娘只需用絲線一條，白粉一抹，在臉上滑來滑去，嬸嬸的臉便光滑潔白，那功架真看得我傻了眼。

小攤子上還有喜氣洋洋的棗紅色頭繩吸引着我，當然少不了粉紅胭脂和五花八門的繡花線，又有那牛骨梳子、婆婆們梳理頭髮的膠髮髻和帽繩辮子；客家婆婆們喜歡將辮子捆在闊邊帽子上，但結在我的頭髮上會更漂亮。

中間白底黑花的是「帽繩」，穿在客家婆婆的帽子上。

「早！王太太！這麼早便到市場去呀！」這天碰到正擺設攤檔的算命伯伯。他每逢三、六、九的墟期日子便到市集營業。說「營業」是牽強了，因每次他都是與街坊聊聊天，高談闊論着從報紙知悉的新聞，一天或看不到一宗面相，但偶爾一、兩句向途人的贈言卻令人受惠得很，令他廣結善緣。

但我對他的「專業」卻半信半疑。他三番兩次的說「呢個細路第日讀書好叻」，哄得我父母歡喜了半天，但事實勝於「算命」，每次默書不及格總令他們質疑這算命伯伯的「專業」。他的記性不大好，今天他瞄到我時，又循例拋下一句「呢個細路日後讀書好叻呀」，媽媽只好打個完場，「哪裡呀，她上回默書又不及格……」我只好臉紅紅的躲在媽的背後，硬拖着她離開這是非之地。

「媽媽！媽媽！有人取神位呀！」爸爸這熟悉的聲音，在我

【香港神像創作工業的盛衰】

以玻璃片繪畫神像的工藝曾在上世紀六十至八十年代在香港興盛一時，客戶主要為新界居民與供奉民間神祇及祖先的家庭。

神像製作這民間工藝因應城鄉人口遷移，自然而然的衍生出來。新界早年的人口多居住在村落，祖先祭祀順理成章的在村內／族群的祠堂內，土地公在村口大樹下，而天后、洪聖等神祇則各有廟宇；隨着六、七十年代城鄉人口遷移及期後的新市鎮發展，祖先與神祇們隨着家宅「上樓」，祖先神像祭祀變得家居化起來，造就神像製作工業的發展。

神像製作工場多集中於戰後的墟市如元朗新墟及上水石湖墟，早期工業模式多為「山寨廠」的小型／家庭式工場，以勞動密集（labour-intensive）式，逐件稿件以人手加工上色，家中長幼捲起衣袖便是熟手技工，像我爸媽般日復日的伏在工作枱上勞動。

至八十年代因應市場需求，製作模式

們背後叫喊着。爸爸就是有這個能耐，總在老遠的提起嗓門，讓途人全注視着我們。媽媽只好順着爸爸的叫喚，一邊拖着我往回走，一邊咕噥着爸爸的使窘。

剛才的街景像影帶回卷般倒序着：算命伯伯、婆婆飾物攤檔、《老夫子》漫畫、打棉胎、木匠工場。剛才對市場上新奇有趣事物的期盼都全煙沒了：擺滿紙紮房子的紙紮舖、愛說故事的寫信叔叔、流連忘返的士多……我又被媽媽連拖帶拉的回到這沉悶的舊工場。

斗室內坐着一位和善的婆婆，身上紅色暗花的棉襖很是貴氣，臉上的皺紋隨着她的笑容延展着，很可愛。她大抵已有七八十歲吧，陪着她的兒子們也有五十多歲了，一行三數人已把工場擠得滿滿的，我只好坐在門前的麻石條上，把玩着在地上刨成卷狀的木屑。

漸由散件／單項製作演變成大量生產（mass production）。於深水埗、荔枝角等工業大廈內的製作工場，設絲網印刷生產線，批發予九龍及香港區神像用品零售店。我家的山寨廠為應付訂單，亦不得不與時並進，在閣樓架起絲網印刷的小工場。

當街角的棄置神像愈來愈多，你或隱約知悉民間祭祀已式微。神像製作已成為夕陽工業，我家位於元朗的工場亦於二〇〇六年結業，現今新界僅餘數伙家庭式神像製作工場。

神像製作用的狼毫筆

爸媽正忙着接待這批客人，絮絮的交付着祖先神位的安裝，又忙於翻通勝擇吉日時辰，婆婆只有坐在當中的份兒，搭不上半句話來。她瞄一瞄坐在門外的我，在手袋中掏了掏。

「細路女，利利是是，快高長大。」她邊說邊搖手招呼我到她身旁，將一枚用紅紙裹着的硬幣塞在我的懷裡。我們互相交換了微笑。

婆婆的思緒驟然被身後兒子的對話打斷，轉身向爸媽說：「慢着，請用紅紙把這名字遮掩着。」爸媽正忙着把祖先神位用紅紙包裝妥當，婆婆忽然提點着，眾人因此特別留意在祖先位上婆婆所示的名字。她兒子們開始顯得不知所措。

「娘，怎麼你名字也加在上面呢？」兒子們錯愕的盯着母親。

婆婆看着新製的祖先神位。「娘始終會返回祖先處，趁現在

祖先神位

我還能為自己籌算，就乾脆把自己名字加到祖先位上。」

婆婆看着神位上的名字，娓娓的交代着，沒半點忌諱。「現在先蓋上紅紙，待娘不在時你們才把紅紙撕掉吧。」

爸媽從事神位製作多時，對這豁達的善後安排見怪不怪，照着婆婆的意願把名字遮蓋着。兒子們卻不發一言，靜悄悄的看着這一切。

我看着婆婆離開的身影，她兒子們緊挨的攙扶着她，或許較以前更貼近。

我手握着那用紅紙包裹着的硬幣，沿着吱吱作響的木樓梯返回閣樓，把紅紙內的一元硬幣放進豬仔撲滿內。

窗外的落地生根依舊枯乾如柴，隨着微風搖擺，有點像剛才的婆婆，年邁卻和悅。

我們互相交換了微笑。

鐵窗的扭紋花飾數十年來牢牢的守衛着家宅的同時，又不忘向街坊展示花俏。

往事篇

廢堆中的關帝

在街角上，土地公安然倚在榕樹下，細看榕子們在腳前逗玩；老榕樹為土地公行個方便，身上的氣根為它搧着涼風。三數個「門口土地」、「觀音」及「關帝」席地為鄰；一、兩件「祖先神位」不識趣的疊在它們前面，遮擋着街上的風景。掛在旁邊欄杆上的「天官賜福」，懶理擠在社壇上神像的爭拗，日復日的享受着蔭庇。

神像們完成了多年安家保宅的使命，隨着搬家的搬家，棄置在遺忘的街角、封塵的寺廟旁，春風秋雨，炎夏寒冬，幽幽打量着每一位過路人：看着雪橇犬在炎夏大汗淋漓的散步，看着女孩的裙子愈來愈短，看着老人的腰板愈來愈彎。他們細味着人們失落了的寧謐，靜候有心人到來問候一句，為他們奉上一炷清香。

當神像們在街角樂得清閒，我這閒人總喜歡打擾神祇的清

神祇大集會

夢，在他們面前探頭探腦，左翻右挖的打量每一位，拍攝祂們的神態。不同的樣貌，不同的家庭，不同的背景，就是這些閱歷，每一位神祇都是說故事的人。

* * *

在這神像的廢堆中，「關帝」為數最多。陶瓷的、玻璃畫像、印刷畫像全齊集在一起。

關帝又稱武財神，現今人們也不大考究他的名字（關羽，字雲長）和生平（與劉備、張飛在桃園結義，同謀起兵），只知道他代表公正無私、義薄雲天，是生意人的神祇，昔日警局亦請關公坐鎮，社團對他也照顧有加，看來他人際網絡挺不俗，左右逢源又疏爽，是公關的好材料。

坊間流行的關帝造型並不孤單，有左右護法伴着他。白淨清秀的是關平，在正史中他是關羽的兒子，但在小說中他卻成了關

在行人路旁乘涼的黃大仙

羽的契仔，實則是他的秘書及私人助理，手持關羽的印鑑「協天宮」；另一位臉黑黑的是周倉，是《三國演義》內虛構出來的角色。看他的造型已知道他是武打高手，手上為關公所持的「青龍偃月刀」，相傳重一百二十斤，妖魔鬼怪靠攏這刀時，刀身會發出震懾的吱吱聲響，十分武俠片橋段的。

也難怪，無論「關帝」、「觀音」或「黃大仙」，他們在坊間流行的造型、面貌以至背景，多少依據敬拜者的主觀意願塑造出來：觀音是出塵脫俗的，因此身上的衣物輕柔如雪紡，五官美如女明星；關帝當然威武肅然，眼睛炯炯有神，雖然聲音繪不出來，但他的大名如雷貫耳，壓根兒令人懾服；而我總覺得黃大仙那「二撇雞」樣子有點滑頭，與他有求必應的形象吻合。這些主觀構想，將人們認知的神像以工匠的手繪製出來，拜過自家的神像後心安理得，亦為另類的自我應驗預言（self-fulfilling prophecy）。

關帝（中）、關平（右）與周倉（左）的「影樓家庭照」造型。

* * *

拜神雖然是傳統玩意，近年亦趕起潮流來，霍然發現祭品中推出 LV Monogram multicolor 手袋和高跟鞋。神像們的外型也趨時起來，以迎合市場品味。

以關帝為例，新界早期的商業活動集中在墟市，賣菜呀，賣米呀，當舖呀，銀號甚麼的，全集中在墟市內，因此墟內多設有關帝廟，當中元朗市舊墟、元朗廈村市及大埔太和墟，墟內的廟宇均見關帝的蹤影。

早期只有少數商人在家中置有關帝像。關帝多以人手用墨汁繪畫在紅紙/宣紙上，以相架裝裱，繪製工序繁複又費時，因此產量不多，彌足珍貴，是有錢人的象徵。

那升斗小民怎麼辦？除了帶備香枝到市集的廟內會會關公外，就只有待六、七十年代彩色印刷普及後，才可與關公在家中

拜神祭品店變成「米蘭站」？

朝夕相對。大量印刷成本低，電影明星、山水風景、吉祥年畫，都在公共屋邨、徙置區、板間房的家宅內熱熱鬧鬧的張貼起來，當中少不了「關帝」、「觀音」或「黃大仙」。

這些印刷神像有別於林黛、貓王皮禮士利、尤敏和肥寶寶抱鯉魚的海報，神像們需恭敬的用相架框着，安置在神枱上，輔以紅色燈泡的電蠟燭一對，和父母日夜打罵孩子懶做家課的噪音。

關公雖說不上英俊，其海報造型卻挺講究的，由最初《三國演義》內「夜看春秋」的倚着關刀獨座，手執書卷，仰望夜空長嘆抒懷的孤獨形象；後有騎着駿馬，手持那一百二十斤重的「青龍偃月刀」，蓄勢待發的戰鬥格；及後開始加入關平與周倉，在雲上（他們是神仙嘛！）眺望人間百態的團隊造型，

工匠們的眼像貓一般，左右上下的倒轉亦一目了然。

和現在坊間普遍的「影樓家庭照」版本，三人正襟危坐，衣飾鏤金雕花，眼睛炯炯有神的盯着你。這一切形象深入民心，造就神像日後流傳的樣子，成為畫神像工匠「抄考」的樣板。

紙張和油墨耐不住日子，顏色褪變後，神像們變得形象模糊。聰明的工匠們瞄準這市場需求，由零開始，引入訂造神像及祖先製作，以漸普及和成本相宜的玻璃，輔以顏色，在五、六十年代初開始興起神像製作工業。繪畫在玻璃上的神像色澤持久鮮麗，尺寸和造型多變，喜歡的更可度身訂造，有點像高級時裝（haute couture）。相對粗糙的「海報畫」，看到鄰家亮麗的玻璃神像，當然令人心癢癢。

* * *

時勢造就，讓小撮如爸爸般寫得一手好字、略懂一點繪畫的工匠，在白燕、張活游的年代由寫信佬、招牌佬成功轉型。在那

我的父親

年代，沒有「事業」或「專業」的理念，一切也實實在在，藍領們幹活只為生計，養妻活兒，悉數繳交租金和子女的書簿費後，摸摸口袋尚餘數個銀錢便已心滿意足。

爸媽聽着收音機中李我的《天空小說》，日以繼夜的板着腰肢，俯伏在工作桌上；小狼毫毛筆一點點的蘸着磁漆，一步步的在玻璃上游走，依據藍圖鈎畫着左右對調的圖案（即「反手字」），這樣，有圖案的一面可牢牢壓在玻璃之下，任憑外面風吹雨打，內裡的神像也不沾風寒。日子有功，工匠們貓一般的眼睛習慣透視如膠卷底片的影像，右左上下的倒轉在他們眼中亦一目了然。

日復日應付着同樣的訂單，同樣沉悶的工序，勤快的工匠們如爸爸開始籌算更省時便捷、更省工夫的方法。絲網印刷應運而生，爸爸以往廣告製作的經驗可大派用場。

【神像造型】

坊間常見的神像多分為文字及造型兩類。文字指神祇以名稱或歷代封號為代表，例如「大慈大悲觀世音菩薩之神位」或「天官賜福」，當中以「九位大神」、「十一位大神」最為經典，在一件神位中寫上九、十一或十三位與家宅息息相關的神祇。神祇們沒有統一的名單，主要視乎客人上一輩流傳下來的神祇，亦有因應家宅的喜好而增減。神祇的數目多為九、十一或十三等單數，有說以昔日家宅屋簷上瓦坑的數目而釐訂，即愈闊大的家宅，供奉的神祇數目愈多。

造型神像即你常見的彩色神祇形象，威武的關二哥，慈悲的觀世音。早期工匠對神像的造型認識不多，多從民間流傳下來的神像海報畫像，以及參考早期坊間流行的經典文學漫畫如《水滸傳》、《三國演義》等內裡角色的造型，形象大同小異，觀音是和善溫婉的女性造型，關公則全是威嚴勇猛的漢子。以下是筆者父親當年設計神像形象時參考的海報：

絲網印刷先要製作絲網印模：先用木條釘製成框架，在上面緊緊的繃上絲網，在絲網上掃上一層藥墨，再烙上神像的線條，稍有分神便前功盡廢。許多個晚上，爸媽完成雜務後，便躲在工場的閣樓上，蹲坐在小木凳上，眼睛貼着絲網的將線條烙在印模上，一絲接着一絲，眼睛自那時開始便不大好用了。

完成艱澀的絲網製作，到印刷的步驟看似簡單非常：以膠油掃將顏料均勻掃過絲網，讓油彩從絲網的空隙滲透到壓在下面的玻璃片。對小孩而言，絲網印刷很過癮：以裹着膠邊的木油掃，糊上厚厚黏黏的顏料，來回反覆刮着絲網，看似把玩泥漿般輕易，但玻璃片上的線條經不起重複的上色，油彩順着線條如河流脈絡般向周邊化開，油漆細碎的化成千片萬片，跟着換來爸爸的嘮叨和執手尾的功夫。八十年代香港經濟漸起飛，當飛機仍在九龍寨城上空轟隆隆的低飛，當人們開始聽羅文的「獅子山下」，

當人們從鄉村遷居到新市鎮時，顧客們亦開始「腌尖」起來。玻璃神像畫在市場愈來愈普遍，坊間要求更多的花樣，更大的尺寸，更亮麗的顏色，更得體的鏡框，令工匠們費盡思量改進構圖，引入透明的彩色顏料，輔以金/銀色的錫紙墊底，讓神像金光閃閃起來，着實較舊日平實的色系更多變。

這絲網印刷及閃爍顏料的點子，確實令工序更簡便、貨品更暢銷，讓爸媽的生意忙起來，讓家中有點穩當的日子，讓工場搬到較大的地方，讓家中可添置一輛小貨車，讓我可隨着爸媽於周末到九龍深水埗工廠區交件時，往車窗外看看元朗以外的世界，嘗嘗麥當勞巨無霸和廟街煎蠔餅的滋味，倦了便與妹妹在車尾擁着玩偶睡覺，讓媽媽靜悄悄的將我們抱回床上。那些好日子……

當媽媽忙抱着初生的弟弟，我的體重也不容媽媽抱起我時，那曾經閃爍的神像亦漸老了。拜神已成為上一代的遺跡。當人們

不同工場製作的神像各有特色，但造型均為當時流行的「關公、關平及周倉」的團隊造型，而不同地區的神像造型或有差異。你或可發現更多不同設計的神像，快拍攝下來吧！

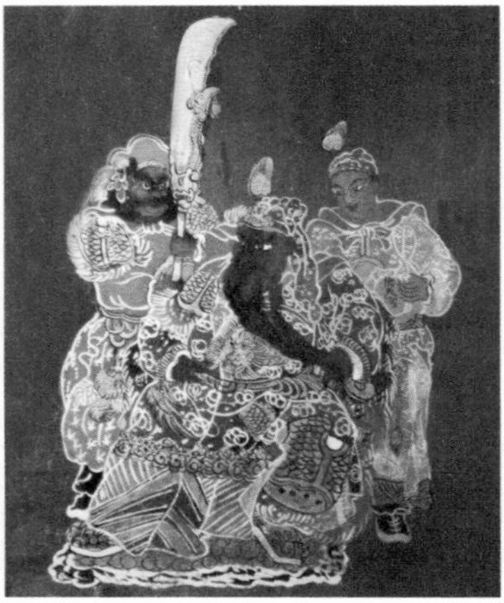

忙着籌算移民加拿大或澳洲，忙着物色他方的房屋和學校時，製成的祖先神像亦將離鄉背井，遠行至陌生的國度。

爸媽細心為將要遠行的祖先神像包紮妥當時，隱隱知曉那些好日子將遠去。雖然生活的起伏不至像坐過山車般顛簸，但平緩的斜坡已伸展在腳前，是時候稍事休息，踏上這小緩坡，退下人生的火線。有趣的是，神像製作這工業在深圳河另一端卻傳承下來，回歸那片無神論的土地。

老工匠們的眼梢已長出魚尾紋，笑看着孫兒在工場內把玩荒廢了的小狼毫筆，不再計較訂單和營業額。雖然畢生繪畫神像，工場內滿天神佛，如今卻心如止水，反正折騰的生涯已走過，甚麼酸甜苦辣、人情世態也嘗過，如今尚可鬆鬆雙腿，坐下旁觀過路的人，細味人們失落了的寧謐，靜候有心人到來問候一句，與他們共品一壺清茶。

沒有假期的節慶——天后誕

醒獅從貨車的車斗內探頭出來，眨着長長睫毛的眼睛，神氣的瀏覽街上行人；行人紛紛順着鑼鼓的聲響，注視貨車上耀武揚威的醒獅。

「唉，怎麼今天不是假期！」揹着書包上學的我，看着貨車漸漸遠去，鑼鼓聲亦遺下路上的豔羨目光，趕忙匯合其他的醒獅夥伴。

*　*　*

街上行人路兩旁早已擺放鐵馬，警車與警察已開始封路，警察電單車來回打點，藍帽子聯群結隊的部署，為巡遊作最後準備。與路上趕上學的學生一樣，看來今年我與醒獅和金龍無緣了。

等睇遊行等到我頸到長啦

鑼鼓聲斷續打斷老師上課的節奏，當我們齊整的坐在班房內，各人的思緒已在行人路旁擔定凳仔排排坐，吃着薯片，等待第一隊巡遊隊伍的到來。

「看來快開始了，第一隊多是由金龍開路吧！」身旁同學輕聲說着。「喂，今年我的村子投得第三號花炮呀！」身後的肥仔搭訕着。聽他的語調，不無未能加入巡遊隊伍的遺憾，看來今早在換上巡遊制服與校服兩難中掙扎很久，終於身不由己的被母親逮到學校。

不知誰的主意，抽花炮環節中，最受歡迎的不是第一號花炮，而是第三號炮。人們稱頭炮為「財炮」，二炮為「丁炮」，第三炮則集「財、丁、貴」的炮王，象徵「丁財兩旺」，據說還是最靈驗的一個。每年的巡遊隊伍均是由第三號花炮打頭陣，其他的花炮在途中遇上第三號炮時，隊伍亦會將花炮頂端稍稍向前

花炮小的八九尺高，大的可上十多尺，比街上的招牌還要高。

傾斜，向炮王作鞠躬狀。看來肥仔的村子自去年天后誕投得炮王後，為今天的巡遊已忙了好一陣子，但偏沒他的份兒。

一枝粉筆碎隨着老師聽到我們的竊竊私語，墜落在我們當中。眾人靠攏的頭顱分別歸回它們的桌上。

鑼鼓聲愈來愈響亮，看來巡遊已開始了。眾人耳膜對老師的講學再沒反應；鑼鼓聲愈大，同學們的五官開始扭向課室窗口，往窗外張望，雖然窗外只有綠葉成蔭的影樹。老師沒法子，鑼鼓聲太近了，喉嚨根本鬥不過青年人使勁的打鼓，乾脆要我們在堂上做練習。這一來眾人更放肆了，手拿着鉛筆裝模作樣，魂魄早已倚在鐵馬旁看熱鬧了。

* * *

「往年我有參加巡遊。」肥仔低聲說，但他眼神炯炯，真希望可以提起嗓門，讓全班同學分享他的威水史。「我一個人擔起

差不多所有街坊都走到街上，蹓躂在四月初夏的炎熱下。

一支旗。」他得意忘形的比劃着。

上年的天后誕剛好是周末，差不多所有街坊也到街上走，蹓躂在四月初夏的炎熱下，站在街上恭迎巡遊隊伍的到來。雖然說是天后誕，但大家對巡遊隊伍的期盼更勝天后，畢竟天后每天均坐鎮在大樹下天后廟內，而巡遊的金龍、醒獅和我最喜愛的潮僑英歌隊，只有這天在封鎖的馬路上大搖大擺。

* * *

我家工場前的馬路正好是巡遊隊伍必經之路，早在鐵馬在巡遊前一天卸落在路旁，我們已籌算着最佳的觀賞位置：在行人路旁擔凳仔、霸頭位；頭位是霸到，但放眼只看到擠在前排人們的屁股；騎在欄杆上站不住腳；乾脆在鐵馬上卻又被警察叔叔趕下來，況且我亦沒有馬戲團的身手。年復一年，我們四姊弟觀賞巡遊的最佳位置均是在爸爸肩膀上。將孩子交替的揹在膀臂上，他

觀看天后誕巡遊的最佳位置：爸爸的肩膀。

總樂此不疲。又是擺凳仔的時候了。

「噹——噹——噹——噹」

銅鑼聲有序的響着，人們盯着兩位由警察電單車開路的童軍。這兩位不敢抬頭回應眾人目光的小伙子沒有甚麼特別，這尊貴的禮待只看在他倆揹在肩膀上的油紙燈籠，上面寫着「十八鄉會景巡遊」。就是這兩隻燈籠，展開了一個多小時的巡遊序幕。

雖然說是「十八鄉」，但參與村子的數目往往多於十八條鄉，一些早期並非十八鄉鄉約聯盟的村子後來亦加入團隊。無他，在男耕女織的年代，警察與官門遙不可及，村民只有互相守望，以抵抗外來勢力。位處元朗墟、大棠的鄰近十八條鄉村結盟起來，並以瓦窰頭大樹下天后廟作為中心，因此稱為「十八鄉」。每年各鄉在天后誕相約前往大樹下天后廟進香，既可聯誼，又可顯耀自家村子的人強馬壯，村子紮作的花炮多巨型，或

手持燈籠的童軍們為遊行開路

今年添了一條金龍等，因此農曆三月廿三對元朗「十八鄉」的鄉紳是件大事。

在「十八鄉會景巡遊」燈籠後，醒獅、金龍、貔貅或甚麼的，來勢洶洶的在童軍身後翻騰着，鑼鼓喧天，忙不迭向遊人展示他們的勇猛。難得這兩位小童軍一點也不膽怯。

「啊！第三炮！」在眾人的歡呼聲中，炮王帶領着巡遊隊伍，在鑼鼓聲下徐徐炫耀着它的威嚴。花炮上掛着琳瑯滿目的裝飾，一些想不到可作為裝飾的裝飾——除了一貫的彩紙花，各式各樣的花燈、膠花、寫上「天后娘娘」名字的玻璃神位、連大把的生薑也在花炮上掛得滿滿的，加上結在花炮頭頂上的巨型金花銀鴻，花炮本身活脫脫已是一座神位。

最令我着迷的是尺餘高、古裝造型的公仔，有像武松，有像「關帝」，有像「觀音」，各形各色。媽媽說這些裝飾是沾上靈氣

猜猜它是甚麼人物的造型？

的物件，在巡遊完畢後，人們爭相競投擺放家中，只剩下節慶過後丟在垃圾站旁花炮的屍骸，想在餘下的骨幹上拾一朵紙花也不用想。

盯着花炮上的木偶，隨着花炮的蠕動，花炮上累贅的裝飾擺動着，叮叮噹噹聲隱沒在鑼鼓聲中。看到花炮身後的人。他們多是上了年紀的婦人，一邊彎着腰板推動運載花炮的手推車，一邊留意街上的情況，保持花炮的平衡。你知道，一具花炮，小的八九尺高，大的可上十多尺，比街上的招牌還要高，因此花炮背後的女人必須步步為營；遇上低懸的招牌，她們小心翼翼的將花炮微向後傾，讓花炮與手推車在招牌下溜過；一不留神，花炮與婦人也遭殃，幸好我還未看到這尷尬的場面。

跳躍的金龍一下子來到跟前。金龍看似笨拙，但金龍下的健兒不將這初夏濕漉的陽光放在眼內，一股勁兒隨着哨子聲，時而

【元朗天后誕會景巡遊點滴】

元朗天后誕的會景巡遊是新界最大型慶祝天后誕的盛會，由元朗十八村落的鄉約聯盟組成，並以元朗瓦窰頭大樹下天后廟為中心。大樹下天后廟建於一六六九年，廟宇所處前方以往為河道，廟宇由居住當地的漁民倡建，以供奉天后。廟宇左右兩旁分別建有「英勇祠」及「永安社」，前者為紀念反抗英殖民統治與英軍械鬥而殉難的鄉人，後者曾為書塾，亦是我媽媽的母校，在穿上清裝官服、腦後束着長辮子的人像畫與黑白照片下，讀了數年小學的地方，是她僅有的讀書生涯，在那兒她學會了《三字經》及chopsticks。

元朗天后誕的會景巡遊自一九六三年起，每年於農曆三月廿三日當日舉行。近年參與團體約三十隊，全為元朗十八鄉各鄉村自組花炮會的隊伍，或地方社團組織如菜農花炮會和學校銀樂隊等，扶老攜幼的參與。遊行隊伍早上先到元朗雞地集合，後依序經

奔跑，時而踱步，時而倚在龍身上喘息。金龍雖然由數十個健兒操控着，但恍似只有一顆心臟，靈活的擺動着肢體，一生跳脫的追逐着眼前淘氣的龍珠；當珠子終被圍困，龍身閃爍的鱗片慢慢將珠子圍攏在中央，鑼鼓低徊、屏息着，等待金龍將珠子吞噬後甦醒的一刻。

健兒們吐出「噓」一聲，金龍甦醒了，每每換來觀眾的歡呼、掌聲。金龍身軀慢慢鬆開，站穩腳後又傻頭傻腦的追着珠子，健兒們繼續汗流浹背，忘形的享受這一年一度的放肆。

* * *

當同學們沉醉在天馬行空和鑼鼓聲中，課室外走廊傳來鎖匙碰撞的聲音。是校工，預備到走廊盡頭的銅鐘處敲打小息的鐘聲。同學們的思緒全返回來，魂魄歸位，靜候衝出課室，走到操場上觀看巡遊的餘暉。

元朗合益路和教育路到元朗大球場作大匯演；一眾隊伍其後到大樹下天后廟上香及抽花炮。

在眾多巡遊隊伍中，以潮僑花炮會的英歌隊最為搶鏡。「英歌」是融合秧歌與武術的民間舞蹈，在廣東及福建等地流傳，用於娛神娛人、消災祛病和節日慶典。英

金龍靈活的擺動着肢體，跳脫的追逐着眼前淘氣的龍珠。

我家工場與學校位處同一條街上，亦是巡遊隊伍必經之路。趁着這小息的片刻，眾人爬上操場的鐵絲網，期望在旗海和人海中湊熱鬧。

巡遊接近尾聲吧。遠處傳來「嗚嗚嗚嗚——嗚嗚——」低沉的號角聲，像在山崗中號召群英的響號；順着拍子的木棍敲擊聲緊隨着，節拍有序，敲擊聲愈來愈近。

「花面貓呀！」「潮州佬呀！」繼而是群眾的起哄。是潮僑花炮會的英歌隊。在紜紜隊伍中，只有潮僑花炮會沒有醒獅金龍等瑞獸，只有一群臉上畫得花斑、穿上戲服的藝人，碰撞手上的木棍或假膠蛇，揮舞拍打節奏，邊走邊舞。雖然這稱為英歌，但卻聽不到歌聲，反而此起彼落的「噓！噓！噓！」恰好和應着木棍的敲擊。

英歌的劇本原是梁山泊好漢攻打大明府的故事，原有一百零

歌舞者演繹《水滸傳》故事，手執木棒交錯叩擊，配合鑼鼓吶喊，邊走邊舞。二〇〇九年民政事務局依據廣東省的七十八項物質文化遺產名錄中與本港有關連的三十四項，進行初步研究，制訂本港首張「非物質文化遺產」名單，英歌即為其中之一。

醒獅、金龍、貔貅或甚麼的，忙不迭向遊人展示他們的勇猛。

潮僑花炮會英歌隊的「花面貓」

八條好漢；現今能湊夠三十六人已很熱鬧了，不奢望重演當年的盛況。他們裝扮成雜耍藝人，有序的隨着手執網蛇的指揮，舞出不同的招式；在表演的尾聲更有禮的向眾人欠身鞠躬，贏得眾人的掌聲，謀殺最多的菲林。

緊隨着英歌隊，是他們的後勤部隊，只有一人，是位婆婆，大概已七十歲吧，在這近中午的烈日下推着手推車；雖然已戴上草帽，但仍不斷流汗。她手推車上全是汽水冷飲；當隊伍停留在略為寬鬆的十字路口表演時，她坐在手推車上稍事休息；當隊伍開始前行時，她忙着招呼隊員索取飲品。

一位十餘歲的「花面貓」走到她跟前，她忙不迭遞上毛巾噓寒問暖。是「花面貓」的婆婆／祖母吧，趁着節慶與兒孫同享這熱鬧，讓他們往後記起這日子時，亦記起她曾遞上的雪碧。

可惡的校工趁同學們爬在鐵絲網上看熱鬧時，已靜悄悄返回

迷你遊行隊伍

走廊，再次敲打上課的鐘聲。同學們為這掃興的鐘聲起哄，不捨的返回枯燥的課室內；課室門外，老師亦抱着雙手，流露「睇完熱鬧啦，還不滾回來上課」的眼神。

「……一枝旗幟很重吧！」我問身後的肥仔。

惟有期待明年的天后誕吧。

巡遊新搞作：超巨型醒獅。

巡遊新搞作：古裝機械人。

我家的觀音

老婆婆眉開眼笑，看着新製的觀音像，很是滿意。「咁先似『觀音』嘛！『觀音』最緊要寬容，笑笑口咁先好！」

當爸爸仍在工場外與客人喋喋互相道謝，媽媽已轉身，逕自走進那佈滿陳年油煙的廚房去，在雪櫃裡胡亂翻着，忙着張羅一家人的晚餐。

「媽媽！有人訂神位呀！」爸嚷着。媽媽正切着瘦肉，刀在砧板上擱下來；用抹布擦過手後，又轉到舖面招待客人。看來晚飯又要晚一點才有着落。

* * *

工場時刻堆積着各式各樣的神像：「關帝」保佑營商的財源滾滾，「觀音」普度眾生，「天后」看顧依水為生的人，「黃大仙」

坊間一般對觀音的印象是溫婉和善的臉蛋，面目清秀祥和。

有求必應。眾多神祇中，以「觀音」最受歡迎。在七、八十年代，大多家庭供奉「祖先神位」外，「觀音」是不二之選。

「觀音」即「觀世音菩薩」，有着看到（觀）眾生在民間受苦（世）的情景及聲音（音）即前往救助的意思，在佛教中是位大慈大悲的菩薩。坊間一般對「觀音」的印象是：溫婉和善的臉蛋，面目清秀祥和，雙耳垂肩，烏黑的長髮束成高髻，雙手合十，握着麈拂，身後現着光環，並由金童玉女左右侍奉着，形象飄逸。

為何「觀音」那麼受歡迎？我也說不上，或許這是家庭傳統，一代一代的流傳下來。普遍說「觀音」是保守家宅平安，長幼和睦，慈光普照，濟世為懷，無所不能……人們寧可信其有，不可信其無，當要搬遷或建立新家庭時，除了帶着祖先神位外，亦少不了「觀音」的份兒。

原居民喜歡將「祖先神位」與「觀音」安置在一起，「觀音」

沒有人知道觀音的模樣，故此坊間將她描繪為中國典型美女。

置在上半部份，歷代祖先神位則在下半部。這「觀音連祖先」神位的面積相當可觀，約三呎寬，四呎高，再加上「神光普照」的橫額及「寶鼎呈祥香結彩」，「銀臺報喜燭生花」的對聯，一套四件均以畫框裝裱起來，非用上客廳一面牆的面積是不用想的。但就憑這「觀音」crossover「祖先神位」的裝潢，讓家居更體面；加上每天在香爐的清香一炷、果品三數，成為一些圍頭人家中恆久的裝飾。

媽媽草草應付訂單後，轉頭又返回廚房。「家姐，」叫嚷聲夾雜着砧板和菜刀的和應，「你幫手同幅觀音填色先啦！我要煮飯呀！如果唔係都唔知今晚幾時先有得食……」

自妹妹出生以來，我在家中的名字已改為「家姐」。看來剛才的顧客打斷了媽媽上色的工序。我坐到由麻雀枱變身而成的萬用工作枱旁，提起快將乾涸的毛筆，趕緊在漆油未完全乾透時，

媽媽與我笑到「見牙唔見眼」

一氣呵成的完成上色，否則漆油顏料會因風乾而變得深淺不一、層層疊疊的。煮飯這輕鬆的工作本來多落在我的頭上，看來媽媽已忍受不了我的廚藝。昨天的菜遠炒瘦肉確實煮老了一點。

* * *

為神像上色很是有趣，就如小朋友填顏色般，但圖畫紙換上玻璃片，蠟筆變成磁漆，以天拿水稀釋，不同顏色的油漆互相混合，調出不同的色彩。色調每次或有參差，而上色的技巧亦因人而異。媽媽的手筆時而細緻，時而流麗，落筆準繩得很，三數筆已把色彩均勻填滿，看不出毛筆游走的痕跡。

我的手藝卻粗糙得很，出界的、上錯顏色的、油漆太濃/太稀的，紛紛以刀片待油漆乾涸後刮去，一筆鈎消，了無痕跡後又一條好漢，從頭來過。但由墨汁鈎畫的線條柔弱如柳，經不起這粗率、重複的改正，總把好好的稿件弄得體無完膚。又是我使出

媽媽的手筆細緻流麗，看不出毛筆游走的痕跡。

功架的時候……

正籌算着上色的次序。觀音漆黑的頭髮大抵是既長且柔的，緊緊的捆在腦後，包裹在亮麗的頭巾內。記憶中，媽媽年輕時亦有一頭黑髮，長及腰際，輕柔若絲；現在看來當然有點突兀，但在七十年代初陳寶珠、蕭芳芳的年代，如斯直長、中間分界（猶如「愛登士家庭」中的女主角）的髮型卻流行得很，十八廿二的女生均蓄着一頭長髮，再加上Art Deco圖案印花的超短迷你裙。看着早已泛黃的舊照片，原來媽媽也曾年輕過。

當然，沒有人由石頭爆出來，年輕的日子是理所當然的，因此「原來媽媽也曾年輕過」這概念大抵十分可笑，但恕我腦筋遲鈍，這對我而言卻是實在得很。

無他，我自懂性以來，媽媽已擔當着母親的角色：寒夜在山寨廠工場，彎着懷着妹妹腹大便便的腰板，為襁褓的我在電暖爐

【工匠手藝】

因應顧客的訂單要求，工匠們均多才多藝，可畫出各式神像，其尺寸大小及配置亦可自由組合；地方小的家庭多以文字紀錄多位神祇及祖先的名字，以一併祭祀；而一些圍頭人會在家中置上一套「觀音」及「祖先神位」，家居地方小一點也不用想。以下是一些例子：

關帝、觀音、黃大仙三合一。

旁洗澡；暖爐旁正烘着萬國旗般的尿布，有待我一天到晚更換不停。

自小家中足襟見肘，我出生後的尿片奶粉錢，着實令三餐的問題複雜化。媽媽撫摸着新置的豬仔撲滿，內裡半滿的盛着我與初生妹妹新年紅封包的收穫。她凝重的坐在我的身邊。

「我們來談談吧。」她看着我那歲半的天真眼睛，「媽答應你，日後將豬仔歸還。」

她依戀看着這豬仔撲滿，為背叛那未懂性的我而慚愧。那「搵朝唔得晚」的日子，就是以豬仔撲滿解燃眉之急。不知她怎樣熬過那些苦日子。

在工場忙着應付訂單的時候，媽媽把牙牙學語的孩子，乾淨俐落的困在學行車內，再將學行車繫在工作／麻雀枱下，雙手一邊在枱上工作，雙腳一邊在麻雀枱下輕輕推動學行車，安撫在車

玄天上帝

張仙

上流着口水、吃着奶嘴的幼兒。

這些磨人的日子，沒有猶豫的餘地，硬將媽媽從少女拖帶到母親的階段。那長髮、那迷你裙，那少女情懷通通離她遠去。除了依稀的少女輪廓及舊照片保留着的，就只有身旁的丈夫見證「媽媽也曾年輕過」。

毛筆將「觀音」的手髹上粉紅色。「觀音」雙手十指尖尖，將塵拂合十般的持在胸前。她的手大抵沒有像媽媽般傷痕纍纍。

媽媽有一雙令她自豪的巧手，好像甚麼也難不倒她：煎釀鯪魚是她的撚手小菜：將鯪魚小心翼翼起出魚肉的同時，亦要整尾魚的魚皮保持完整，待魚肉搓碎調味後再填回魚皮內煎香，上碟時仍完好的一尾鯪魚，切開後內有乾坤，香氣四溢，是爸爸下飯的至愛。

這雙巧手亦是我的「槍手」，為我中、小學的美術和中文科

黃大仙

天后

掙回不少分數。媽媽難得閒情，工場的雜務及帶孩子已令她分身乏術，但卻挺留意我的勞作功課，並時有參與「親子製作」。

「你唔好收埋幅畫，攞出嚟睇吓啦！」同學八卦的窺探我身後以膠袋包裹着的勞作，隨後是同學此起彼落的嘩然，「嘩！好靚呀！係邊個做㗎？」

那是媽媽「請槍」的得意之作，以繪畫神像的功架，將明媚的洋娃娃繪在畫紙上，輔以毛冷作頭髮、花布碎作裙子、紅絲帶作胸前的蝴蝶結。不用明眼人，一看已知悉這手工並非出自小四學生之手。看着媽媽滿意的眼神和細膩的潤色(touch up)，比她畫神像時更陶醉，真不忍打擾她那興致。

也許這帶點童真的小玩意，讓她緬懷着昔日童年。米已成炊，只好硬着頭皮將媽媽無瑕的作品交上，並與老師無言莞爾的對望着……

呂祖仙師

觀音

爸媽為表達他倆對子女學業的關注，總是有意無意的「干預」，中文作文科尤甚。當我在工場的圓摺凳上，擦膠碎滿佈着原稿紙，抓破頭皮構想作文點子時，媽媽探頭問：「今次作文要寫咩？」救星到了！「簡單啦！你咁樣寫啦……」媽媽出口成文，內容流暢，主線起伏跌盪有序。

我一邊埋頭苦幹的疾寫，一邊忙着問生字；另一邊廂，塘邊鶴的爸爸挑剔老婆的文句，兩公婆你一言、我一語的，為孩子完成作文，是我們的家庭樂。但這家庭樂只適用於中文科，其他科目如英文及數學等均不適用。唔合格？藤條燜豬肉侍候也。

這家庭樂令我的作文不賴，看到自己的投稿在《華僑日報》刊登與那五十元書券的回報，漸迷上做文章，幻想着作家的天空。這伏在圓摺凳上，寫得興高采烈初中生的背影全看在媽媽眼內。

關帝

齊天大聖

終於，她對着這背影冷冷拋下一句「做爬格子動物冇出息」。

這是我首趟認識「爬格子動物」一詞。她教曉我愛上文字，教曉我甚麼是「爬格子動物」，又斷言「做爬格子動物冇出息」。這一切教我懊惱了。

* * *

「就嚟食得飯啦！快做埋啲手尾啦！」媽媽的聲音隨着梅菜排骨的香味飄過來。只欠為「觀音」的臉容鬆上顏色。

沒有人知道觀音的模樣，坊間故此將她描繪為中國典型美女：圓圓的臉蛋、白皙的皮膚、既長且大的杏眼、筆直的鼻子和微笑的小嘴。相信亦沒有人深究「觀音」樣貌的真確，臉容只要端莊嫻淑便行，因此不同工場製作的「觀音」的造型均稍有差異，卻百花齊放。

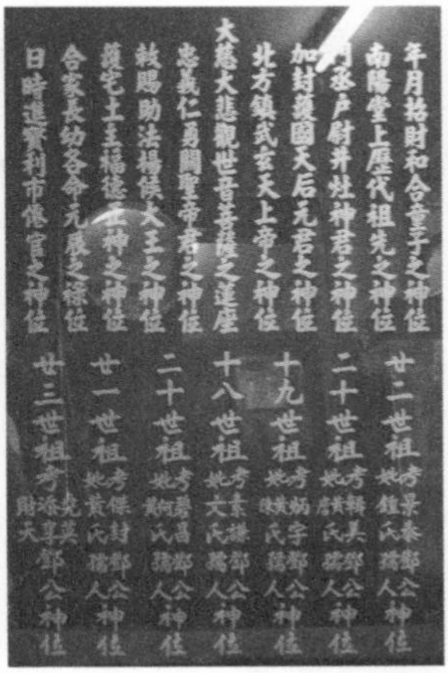

九位大神（上）與祖先神位（下）

觀音（上）與祖先神位（下）

為「觀音」填上口紅時，凝看她的臉容。細看着，其氣度與媽媽有點相像：眼神溫煦而堅定，每天做丈夫的扶持，為生計賣力，身兼會計、工匠、營業員和生意夥伴的角色，精打細算每一分毫；又擔當四條「化骨龍」的補習老師、廚子、懲教員、育嬰員、社工，是我家的「觀音」，保守家宅平安，長幼和睦，慈光普照，濟世為懷，無所不能……

「觀音」正捧着熱騰騰的薑蔥螃蟹，眉開眼笑的從滿佈陳年油煙的廚房中走出來。

看着她的眉眼。人漸長，我的眉眼與她愈益相像，彷彿一個模子印出來，卻又不盡相同，少了一份蒼然、一份沉鬱；或像一面鏡子，將我的過去、現在、將來全照出來，較鏡中人更明白自己。人漸長，對這鏡子昔日現實而關愛的反照漸釋懷。

人們相信「觀音」慈愛無量，充滿大能，我家的更是廚藝一

愚笨的「爬格子動物」

流。你的呢？

街坊篇

鄧家的九位大神

在兩尺寬的神枱上，擺放一件「九位大神」神位，擠着九位神祇。對，是九位，同擠在一件玻璃神位上。幸好神位上只有他們的名字，否則神祇們瘦身後也擠不上這年邁的木神枱。

神枱和「九位大神」已有二十多歲吧；神枱上的油漆可脫落的早已脫落，剩下老土的暗紅和曖昧的鴨屎綠，襯托着同齡的九位神祇。神枱電蠟燭上的紅色電燈泡間歇的眨着眼，看來它年事已高。

* * *

是家宅的傳統吧，這九位神祇——「觀音」、「和合童子」、「歷代祖先」、「灶君」、「財帛星君」、「關帝」、「文昌」、「福德正神」和「長幼各命元辰」；他們已是上一輩的神靈，一代代

九位大神

的流傳到這唐樓內，擠在這狹隘的斗室中。

心水清的或已看出以上不單列出有名有姓的神祇，當中亦包括家宅的歷代祖先及長幼各命元辰。前者是已故的祖先，後者概略算作在世家庭成員的靈魂，先人與在世的也兼顧着。看，多細密的安排。

「九位大神」已伴着這家很久。父母和神祇們尚年輕時，同獃在徙置區，看着門外千篇一律的臨時房子，全掃上綠色的鐵門，衣物全曬晾在門外的尼龍繩上隨風飄揚。緣就這樣結上了。

大慈大悲觀世音菩薩之神位

「觀音」娘娘恭敬的置在九位神祇中央，穩妥的庇蔭着家宅，溫柔的看顧家中各人，表彰着慈悲、和睦。雖然日子說不上充裕，但「觀音」娘娘從沒應允不勞而獲。

黃大仙（前）與關帝（後）席地為鄰

觀音（後）與龍母（前）有甚麼話題

男主人來不及喚醒兒子起床便出門上班，只留下數塊錢在案頭，夠孩子在上學的路途上啃個麵包和維他奶。這數塊錢不算甚麼，但父親留下的數塊錢從沒有缺過一天，加上案頭上父親已簽名妥當的手冊和偶爾的珍寶珠，孩子的心便安穩了。

年月招財和合童子之神位

「觀音」娘娘旁邊的「和合童子」，看顧着夫妻婚姻和諧。和合童子尚未搬進這家前，男女主人已結成夫婦。在他們的年代，一切也是踏實平淡；沒有花束，沒有轟轟烈烈的愛的宣言，在大牌檔共享煲仔飯已是奢侈的約會。孩子出生後，二人世界更不用想。

已老夫老妻了，沒了甜言蜜語。看着妻子無名指上磨得花斑的金指環，「我愛你」聽來十分做作，只是青年人的潮語，看這

【香港民間神祇名冊】

香港民間崇拜的神祇究竟有多少？佛教的，道教的，儒家的，民間自創或由內地帶到香港的民間神祇多達二百多個，較為人熟悉的有十數個。他們的職能範圍圍繞人們環境、自身與生活。以下是一些香港民間常見的神祇：

天官

天官為三官（即天、地、水官）信仰之一，源於對天、地、水的自然崇拜，又有說源於五行中金（主生）、土（主成）、

天官在三官中最為普遍，家宅門外當天的位置多置有「天官賜福」的神位。

一生人亦不會宣之於口，雖然妻子在路過珠寶店櫥窗前仍有無謂的希冀。

做丈夫的不懂甚麼才是愛，愚拙的他只知要盡力讓妻子的日子過得不太差，但又不敢莽然許下甚麼承諾，只知天天努力工作，月底扣下車費與飯錢後，便將薪金悉數交上；當妻子發燒時為她探着額角，口袋空空如也時一起捱麵包，當倆老去時，老伴仍在身旁，握着她年邁消瘦的手。如果這便是愛，他是很愛的。看來「和合童子」頗管用。

南陽堂上歷代祖先之神位

「和合童子」身旁的「歷代祖先」亦安慰的看到夫妻和順。眾祖先的神位冠上「南陽」的郡名，顯示這家姓「鄧」。供奉祖先們是按照家庭傳統的。男主人對祖先的觀念不大注重，他唯一

水（主化）三氣。三官分別稱為「天官紫微大帝」，「地官清虛大帝」和「水官洞陰大帝」。三官各司其職，天官主賜福，地官主赦罪，水官主解厄。「三官」東漢被納入道教後地位崇高，被視為掌管人間的神祇。在民間，天官在三官中最為普遍，家宅門外當天的位置多置有「天官賜福」的神位。天官大帝的誕日為上元燈節（元宵節）。

天后

天后在福建及台灣稱媽祖。相傳天后原名為林默娘，生於宋開國建隆元年（公元九〇六年），福建莆田縣人。她自小已可預測氣象，並救援海上遇難的漁民，升天後亦顯靈救人，因此是廣為華南沿海水上人供奉的神祇，歷代君主均尊稱為天妃。康熙廿二年，清兵因在海上遇難向天妃求告脫險，天妃因而被清廷尊封為「天后」。天后廟多由水上人或漁民建於海岸或河畔，祈求水上平安及漁獲豐足，是香港最多廟宇的神祇，元朗瓦窰頭天后廟更是元朗十八鄉鄉約的聯盟中心。天后誕日為農曆三月廿三日。

認識的祖先，是他的父親。

對上一代的記憶已不大清晰。他是八兄弟姊妹中最小的，年幼時父親已身故，只依稀記得魁梧的父親與他彎彎的肩膀。印象中，最後一次叫喚父親是在他的喪禮上。

在靈堂內，他坐在家屬座位上，身披白麻衣，放任的吃糖。平日他鮮有糖吃，當天卻意外的任吃不拘，只為堵塞幼兒哭鬧的嘴巴。眼睛留連在身旁那紙紮的兩層大屋與兩側的紙傭人，與他一家居住的石屋分別很大。他有點羨慕父親的「新居」。

看着道士們在靈堂內圍着火盆沒頭沒腦的舞動，被媽媽三番四次的指示欠身鞠躬，與哥哥姐姐們在道士的提示下，向化寶爐叫喚着「爸爸」。看着那紙紮房屋和紙錢熊熊的燃燒着，就是這樣告別了父親。就只是這樣。

為「九位大神」上香時，其他神祇們對男主人來說只是一堆

土地

土地又名「福德正神」，民間又稱「社神」、「社公」、「伯公」或「土地」，於市街、寺廟皆以「福德正神」尊稱（如尖沙咀海防道的福德古廟）。福德正神為地方的守護神。「社」古代指最小的地方行政單位，而中國以農立國，人民依賴土地所出維生，因此將土地神化，衍生崇敬土地意念，把土地當做神明來敬奉。土地最初並無姓名，東晉後民間多以清廉官吏為名，為土地輔以人格。土地為管理地方事務的神，其神譜地位低微。在新界鄉間可在村前找到供奉土地的神壇，或在路旁設小型祭壇，置有人形石塊作供奉，個別廟宇在殿堂中亦設有土地神位。土地誕日為農曆二月初二。

門口土地財神

文字，但彎彎的肩膀總自然而然的縈繞着他。

門丞戶尉井灶神君之神位

爸爸與「歷代祖先」的鄰居是「灶君」。作為掌管家宅飲食的神祇，「灶君」原應該在廚房內坐鎮的，現一併擠身在「九位大神」內，以方便照應。「灶君」一直對這家看顧有加，雖然說不上衣食豐足，但自兒子出生後，妻兒是男主人唯一拚搏的目的。

妻子剛從產房抱着初生兒子出來。男主人看着裹在毛巾內的粉糰，粉嫩的、皮膚皺皺的嬰兒，張開嘴巴打個呵欠。就是這小傢伙了。他七手八腳的抱着兒子，不敢擠壓着雙臂，生怕弄得粉糰哭起來。小小的黑眼珠朦朦朧朧看着新相識的父親。嬰兒只有七磅兩安士，但猶如千斤重般擁在他臂膀內。這一生奶粉債的擔

灶君

灶君亦稱「東廚司命定福灶君」，俗稱「灶神」，其起源甚早，據《禮記》的《祭法》篇稱，「王為群姓立七祀」，當中一祀為祀灶。灶君是屬於家宅的神靈，因此本地並沒有單獨建殿，而寺廟或祠堂的廚房內一般供奉灶君。灶君主管人間膳食，亦有說它監察家庭成員的功過，在年終時上奏玉帝以定禍福。農曆十二月廿三日晚各家宅「謝灶」，多以糖果恭送灶君，使它吃後黏住嘴巴，好在十二月廿四日上報玉帝時說不了壞話，即「上天言好事，下界保平安」。灶君誕日為農曆八月初三。

定福灶君

子，就這樣擱在自己的頭上了。

都天至富財帛星君之神位

掌管財富的財帛星君，對這家庭貢獻不大，看來只是強加在「九位大神」中湊數。多年來，相士的批言均應驗在男主人身上：辛苦得財。早上乾乾爽爽的出門上班去，傍晚大汗淋漓的回家；穿在身上的白色汗衫已洗磨得灰灰的，好向兒子交代父親的辛勞。

「爸爸，我將來要掙許多錢，讓你不用辛苦，」兒子三四歲胖胖的手臂挽在他肩膀上，紅紅小嘴的甜言蜜語，令他忘卻每天的營營役役。看着這嫩滑的小手，只希望它長大後依舊細軟，不用幹着粗活，重踏自己的腳蹤。

觀音

觀音即「觀世音菩薩」，觀世音是梵文Avalokitesvara的音譯，譯作「光世音」、「觀自在」、「觀世自在」。觀世音是阿彌陀佛的左肋侍，大勢至菩薩為右肋侍，三者合稱「西方三聖」。觀世音看到（觀）眾生在民間受苦（世）的情景及聲音（音）即前往救助，以慈悲為懷、普渡眾生見稱。

觀音於三國時期東傳中國，初為印度傳說的男性形象，女相造型於唐代後盛行，按照對菩薩的理解和嚮往，重塑觀音的形象。女菩薩備女性慈母之美，在中國更迎合信眾的理念，因此現今坊間普遍祭祀的觀音多為女性形象。依佛家的解說，菩薩本沒男女之分，不受男女性別的規範，會隨着環境需要

慈悲觀世音菩薩

忠義仁勇關聖帝君之神位

與其他神祇一樣，「關公」獃在這家已二十多年，目光如炬的盯着各人，以免行差踏錯。男主人是打工一族，未如營商的倚賴這武財神，然而「關公」正氣凜然的形象，不經意投射在男主人身上。對，要作兒子的榜樣。父子間微妙的互動關係，自兒子懂事後便日益頻繁，父親舉手投足也看在兒子眼中，作父親的也未必知曉。

「公雞、雪櫃、超人迪加……」自上幼稚園後，孩子將從電視或別人聽來的說話重複掛在嘴邊，不知不覺間亦將父親偶然吐出一、兩句的粗話記在腦海。一次得意的學父親吐出「X@Y%$」，卻換來父親的一頓毒打。看着兒子在妻子懷中抽搐的哭着，不受他愚拙的安撫，男主人懊悔着自己的魯莽。

「那藤條痕一星期多也不散呢！」妻子偶然還心痛的提起。

而化身不同相貌。傳說觀音以「三十三身」的化身形象在人間出現，普渡眾生，民間後來更出現如「水月觀音」、「千手千眼觀音」等演變形象。觀音坐在蓮花上修道，因此觀音廟亦稱為「蓮花宮」（如大坑蓮花宮）。此外，觀音廟也有稱「水月宮」（如長洲水月宮），取其水月清靜無華的意思。觀音誕日為農曆二月十九日。

黃大仙

黃大仙本名黃初平，生於東晉，浙江金華松山人，是中國東南沿海常見的神祇。黃初平本為牧羊童子，自幼家貧，學道後修道成仙，在浙江民間奉為道教神祇，並在金華縣蘭溪赤松山修建黃大仙道場。黃初平

黃大仙

男主人還記得當天那發洩的狠勁，兒子在妻子懷中抽搐哭着的畫面不時浮現腦海。兒子仍記得這小插曲嗎？父親卻受了教訓，孩子自此沒有在父親口中聽過半句粗話，父親對孩子的說話亦收斂起來，話題範圍只限於吃飯與零用錢；為擴闊與兒子的話題，他亦開始留意報紙體育版的 NBA 賽事，但效果不大顯著。妻子漸變成傳話人，兒子的一舉一動唯有向妻子打聽。

護宅土主福德正神之神位

管理家宅土地的「福德正神」，與「關帝」和其他神祇一樣，知道那次「X@Y%$」事件的責罰是無心之失，只是男主人未察覺兒子成長的步伐是如此快速吧。這月動星移的人事關係，就讓其他神祇處理吧，反正它只是看顧家宅的土地公。

「福德正神」又稱土地公，是照顧家宅土地的神祇。多年來

修道成仙後多行仙術，其中以指着山上的白石頭，大笑一聲後石頭全變成羊的「叱石成羊」最為人熟悉。民間多認為黃大仙「有求必應」，唯需符合「普濟勸善」之宗旨。傳說黃初平贈醫施藥，救人急難，漸成為黃大仙壇堂的傳統。黃大仙誕日為農曆八月廿三日。

關帝

關帝又名武帝／武財神，姓關名羽，字雲長，三國時河東解良人。他為人義勇，好讀《春秋》。東漢末年與劉備及張飛於桃園結義，誓共生死，矢志復興漢室；及後曹操大敗劉備，傳說關羽敗歿麥城，魂魄飄至荊洲玉泉山，常常顯靈護民，善信因而立廟奉祀。

關聖帝君

它是挺幫忙的，祝融和小偷從沒光顧；土地公與其餘神祇多年來只搬遷過一趟，那是十多年前為兒子升小學的籌算吧。

男主人看着把玩玩具車的兒子。作為父親，他讓兒子快樂的點子不多，假日帶孩子到遊樂場玩一個上午，再加上一杯雪糕，兒子已樂透了。孩子成長就是這樣嗎？男主人幼時隨山跑、捉田雞與魚塘捕魚已不管用，現在孩子的居住環境，大抵要比自己年少時好一點吧。

就這樣單純的考慮，男主人將半生積蓄投放在這四百多呎、兩房一廳的單位。說起兩房，每間房間容納了一張床和衣櫃後便報銷；兒子的書枱則置在碌架床的下格，預留空間擺放兒子的鐵甲人和漫畫書。男主人看着兒子的新房間，心滿意足的。自此，「九位大神」亦從徙置區內移居到這唐樓中，看守着這四百呎的家居。

關帝廟亦稱「協天宮」。民間認為關公掌管生活眾多範疇，如命祿、科舉、守護營商生意，關羽的忠貞義勇亦廣被歌頌。民眾對關帝的期盼不斷，宋朝後各帝王均為關帝加封各名號，至清順治時竟長達二十六字：「忠義神武靈佑仁勇威顯護國保民精誠綏靖翊贊宣德關聖大帝」。關帝在儒釋道三教中均佔有重要地位。關帝誕日為農曆六月廿四日。

文昌

文昌原是天上星名，亦稱文曲星或文星，漢代演變為文昌宮六星（即上將、次將、貴相、司命、司中、司祿）之總稱，當中司祿主理功名，漸被視為代表其餘五星，因此文昌宮又名「功名宮」。

文昌又名「梓潼帝君」，有說四川梓潼縣的張亞子（或張惡子）是文昌化身，起義抵抗外敵時戰死；元朝時，梓潼神封為「輔元開化文昌司祿宏仁帝君」，被視為忠國之神，梓潼神與文昌神因此合二為一。相傳文昌帝君曾化身人間為清廉的官，民間相信它主管考試、命運；科舉於清代制度化後，科舉者及莘莘學子多尊奉文昌。文昌同時掌管

九天開化文昌元君之神位

說到掌管功名仕途的「文昌帝君」，也許是這家中最不濟的神祇了。自孩子上小學後，他的名次均與他的以英文姓氏排列的班號掛鈎，不要忘記他姓「鄧（即Tang）」，即年年排名三十多吧，況且數學科總是不及格。

知恥近乎勇，兒子升上高中後始加把勁，為會考躲在房中挑燈夜讀了好幾個月；男主人看到燈光從兒子門縫中透出來，畢竟作父親可做的不多，只好着妻子明天為兒子準備老火湯。兒子房間的燈尚未熄滅，他倒好像要負上責任，不忍倒頭大睡，借故的上厠所、飲水或甚麼的，以窺探兒子上床沒有。父親每一次的探頭說「早點睡，明天再溫書吧」，只換來兒子冷淡的「唏」一聲，後來更是狠狠的關門聲。

看到兒子會考完畢後獃在家中，看來父親又將兒子這「心中

刻字、書店、文具店等行業，昔日書商公會稱作「文昌會館」。文昌誕日為農曆二月初三。

和合二仙

寒山和拾得是唐代國清寺的兩位結義高僧，相傳兩人情誼勝兄弟，形象笑口常開，自在自得，在明清發展為民間神祇，稱「和合二仙」，後演變為主婚姻圓滿之神，和仙手持荷葉，合仙手持全盒，諧音「和合」，寓意夫妻相愛，和氣致祥。和合二仙誕日為農曆六月廿四日。

楊侯

楊侯傳說是南宋末年楊太后的弟弟楊亮節。南宋末期，蒙古入侵中原，楊亮節庇護幼主逃難至九龍，因護主有功，死後獲封為「楊侯王」。本地鄉民為紀念他的忠義史蹟，在九龍與新界廣建廟宇供奉侯王，當中包括屏山上璋圍及大澳寶珠潭的楊侯古廟。

北帝

北帝又稱「真武大帝」、玄武，玄天上帝。北帝起源於古代的星辰崇拜，玄武本為

有數」的沉默算在自己頭上。且看「文昌」的能耐了。

合家長幼各命元辰之祿位

你可發現在「九位大神」中，只有「合家長幼各命元辰之祿位」是用上「之祿位」的字眼，其餘的神祇均是以「之神位」作結？「合家長幼各命元辰之祿位」代表家庭成員的心靈／魂魄，「祿位」代表為在世的人祈求福祉，以識別紀念已故先人的「神位」。

這天，男主人吹着口哨為不停眨眼的電蠟燭換上新紅燈泡，妻子則在廚房內埋頭準備拜神的祭品：白切雞、燒肉、鯉魚、生果等。他為神樓換上新的金花銀鴻，金花上的孔雀羽毛隨着風扇的涼風搖曳；一隻隻小紅膠杯洗淨後重新注滿玉冰燒，酒香喚醒了神祇們。

二十八宿中北方七宿的總稱，後來被道教吸納入仙譜，定為北方的天神，並漸被人格化。北方在五行中屬水，北帝因此是保守水上人的神祇。供奉北帝的廟宇又名「玉虛宮」或「玄天上帝廟」，如長洲北帝廟又稱玉虛宮。北帝誕日為農曆三月初三。

男主人在「九位大神」前弄這弄那時，神祇們方留意男主人兩鬢已斑白，面額上的火車軌日益多了，但笑意盈盈令他今天不顯老，反倒添了神采，看來有甚麼喜事的。

男主人打着火機燃點着香枝，將香插在剛換上潔白牙灰的香爐上，「多得祖先保佑，兒子今天戴四方帽了，學業有成；託祖先的鴻福，終於等到這一天……」

兒子没好氣的從房間走出來，埋怨身上的畢業袍衣不稱身，「這領子怎麼搞的，總是掉下來…… 幹嗎在家中也要影畢業相呀？好老土呀！」

神祇們看到男主人嘴角微微偷笑。

買神主牌的人——昌叔

「我太爺以前係做官㗎，仲係七品官添，」昌叔倚在藤椅上，手掌撫摸着已磨得光滑的扶手，眼內滿是得意，「七品官係唔係依家嘅ＡＯ呀？」

昌叔已六十歲吧，一頭白得光亮的頭髮，大抵自中年髮絲開始變白後，沒閒情照顧這煩惱絲，頭髮一點漂染的痕跡也沒有。人們自他第一絲白髮竄出來後便喚他為「昌叔」，雖然已六十多歲，但仍不改稱「伯伯」輩，改不了口。

早年因禽流感，他結束經營多年的養雞場，退回養雞的牌照後，開始過着刻板的退休生活：早上到茶樓與相識多年的老茶客聚聚，每天坐着同一張桌子，喝着淡而無味的水仙，吃着同一樣的雞扎與叉燒包；中午到公園看看別人的棋局，或到老街坊處串

香港就是這樣可愛，讓一批來自五湖四海的異鄉人，在這片小土地上紮根。

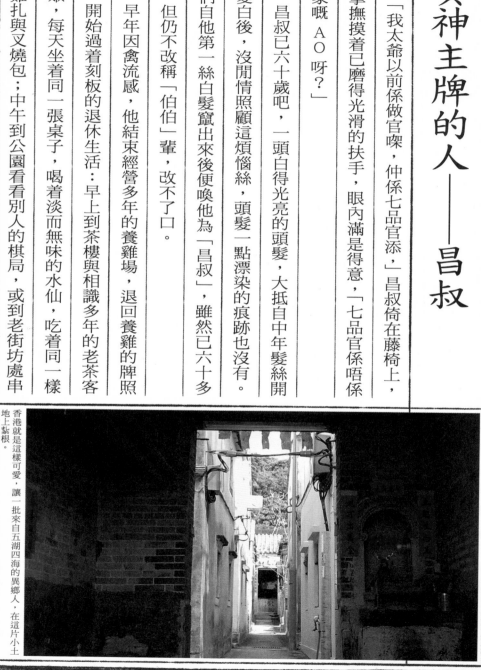

門子，有一句、沒一句的聊起來；這畫神像的工場是串門子的老街坊，一星期總有三、兩天磨在工場內的藤椅上。

＊　＊　＊

他今天的身份是有幫襯的顧客。

「喂，你太爺係做官，咁要喺祖先位度寫埋㗎。你知唔知你亞爺喺祠堂個神主牌點寫呀？要跟番喎。」老闆老王全神貫注的為昌叔排列祖先神位上的名字，並仔細數算着每行的字數。

製作祖先神位需依照一套約定俗成的系統，簡單如每行的字數，均需是六、七、十一或十二個字。這源於「生、老、病、死、苦」五個生命階段，順序是一至五，循環反覆，只取與「生」和「老」兩字順序相符的數字，取其意頭，即一和二；六和七；十一和十二。一和二字，太短，十六和十七，字太長，都不大可能出現在神主牌上。

「老王，我真係醒目呀，我噚日搵咗個世侄，爬上去祠堂個神樓度，幫我抄咗幾個神主牌啲字落嚟。我眼睇唔到嘛，本族譜又唔知擺埋咗喺祠堂邊處……」昌叔小心翼翼的在風衣口袋中，掏出一張皺皺的白紙；又從風衣內襯衣的口袋中，掏出一對老花眼鏡，架在短短的鼻樑上，小心張開白紙。紙上佈滿藍色原子筆的痕跡。

兩人的頭靠攏着，研究白紙上的抄寫。「又真喎，」老闆的頭微微點着，口中喃喃唸着，「『廿四世祖考〇〇國學貢生七品神位，妣文氏淑德七品夫人』。真係做官喎，估唔到你養雞，肚入面都有啲墨水喎。原來你太嫲姓文㗎。」

昌叔探頭察看白紙上的名字，「係咩？我都唔知喎。我連我亞媽叫咩名都唔知，淨係喺神主牌度見到佢姓黃。真係連亞媽姓咩都唔知！嗰陣時啲人邊識咁多嘢呀，讀咗幾年書就落田幫

【祖先神位知多少？】

甚麼是「左昭右穆」

一些祖先神位或祠堂神龕上會列出「左昭右穆」。這是宗族祖先牌位的排列系統，原於西周，祭祀自始祖以來的歷代祖先，以始祖居中，按左昭右穆的方式排列，左為昭、右為穆；父為昭，子為穆；首代置中，第二代為昭排左，第三代為穆排右，依次排列，顯示長幼次序。由於西周君王採用嫡長子繼承制，王位由父傳予子，因此左昭右穆的宗法制度對王位繼承尤甚重要，此系統在民間亦流傳下來。

你的姓氏源流

無論俗稱圍頭人的本地人或復界後遷到香港的居民，均來自五湖四海，宗族原自中國不同的地區。為顯示宗族的源流，無論祠堂或神龕的神主牌上，會列出該宗族源流（總堂號）或衍生宗族（分堂號）發祥地的郡名（即「郡望」，郡中的望族，是姓氏發祥地標記）。以下為一些姓氏及其郡望：

手啦，仲邊度識問亞媽叫咩名呀。」昌叔戲謔着，傳來爽朗的笑聲。老王的唐狗過來湊熱鬧，要昌叔為牠搔癢。

昌叔是新界原居民，半生住在鄉間，他父親早年飄洋過海到南洋打工。父親打甚麼工他沒頭緒，倒記得年來父親只回家數次，每次只不過逗留一、兩星期，匆促的相處，印象中父親不多言，手很粗糙，每次離家，都在出門前摸摸每個孩子的頭，接着便是母親多晚的偷泣。

關於父親，昌叔唯一值得回味是他不時的匯款，讓他們可建一所像樣的房子，屋簷上刻有「1928」的年份，猶如印證着父親的自豪。他家亦是村內最早擁有收音機的，朋輩們每日聚攏在他家中，令他的童年風光了好一陣子。

「嗰陣時我屋企係成條村第一戶有收音機㗎。好架勢㗎！」

往事趁着這四份之一秒的空檔重播起來。他沒頭沒腦的拋下一

- 太原堂（山西太原）：王、郭、溫等。
- 西河堂（山西離石縣一帶）：林、卓、靳等。
- 江夏堂（武漢江夏）：黃、費等。
- 安定堂（甘肅安定）：胡、梁、伍等。
- 延陵堂（江蘇武進）：吳、龔等。
- 南陽堂（河南南陽）：葉、鄧、許、韓等。

新界一些祠堂會清楚表明該宗族的郡望，如元朗廈村鄧氏宗祠外有「南陽綿世澤」的牌匾，八鄉梁氏宗祠對聯書上「安定世居」。你的姓氏又源自那裡？

元朗屏山鄧氏宗祠牌匾顯示鄧族的郡望為「南陽」

句。

至於昌叔的故事，正如他的長相一樣，略胖的臉龐有點福相，平凡而踏實。他沒有奢望中六合彩，每星期十數塊的投注只為買一個沒有驚喜的希望。雖然讀書不多，卻挺注重子女的學業，兒子中學畢業後赴加拿大升學，並在當地居留下來，結婚生子，現在已近四十吧。

「……你真係好命呀，個仔咁孝順，接埋你去加拿大享福。」

昌叔注視着那張皺皺的白紙，思緒開始飛到赤鱲角機場，飛過太平洋，飛到加拿大……

鼻樑上的老花眼鏡重新落入襯衫的口袋中，手掌繼續撫着藤椅光滑的扶手。

「哈，幾十歲人都未搭過飛機，唔知會唔會暈機浪呢？」他

祖先神位的「排字位」

現今家庭的祖先神位（如果有的話）多為簡簡單單的「〇門堂上歷代祖先之神位」一句，或在旁輔以對聯一雙。但本地人的祖先神位卻較詳細，當然與祠堂神龕上的神主牌陣無可比擬，但亦列出近數代祖先的資料。祖先神位因需要依照以下約定俗成的規定，如：

- 每行字數需符合「生、老、病、死、苦」五個生命階段順序而重複的數算，只取「生」與「老」兩字順序相符的數目，即六、七、十一或十二。
- 你或許在坊間看到只書有八個字的祖先神位，如「〇門堂上歷代祖先」或「〇門歷代祖先神位」，這些不依據傳統「生、老、病、死、苦」的數算，或因應坊間對「八」字（諧音「發」）的偏愛而來。
- 每一世祖的每位男丁佔一項，如該世祖（如廿四世祖）有三名男丁，該世祖的三男丁詳情亦需依據「左昭右穆」的安排列在祖先位上。
- 每一世祖均書上男丁及其妻子；已故男性先人稱為「考」，其已故妻子為「妣」；通常男性先人的名字及其獲取的功名／官階（如適用）會詳列出來，其妻子則只記錄其姓氏。男女先人的神位分別輔以「王公」及「孺人」

嘻笑着，「唉，都幾十歲人啦，唔係老婆話為咗啲仔女，都唔會幾十歲人先去搭飛機啦！」

當年送兒子出國留學，全家浩浩蕩蕩到啟德機場送機的照片已發黃，至今仍夾在相簿中。

「人地話加拿大好凍，成日落雪，鏟雪真係會鏟死人㗎，咁咪成個月都唔駛出街？」

在衣櫃中的羊毛內衣多年也沒動過，或許已蛀滿蟲孔。歸家後要將寒衣抖出來看看，還完好的放進行李中，破舊的轉送給隔壁的三婆吧。

「個仔話要帶多啲冬菇同埋臘腸去，嗰邊啲唐餐館淨係識得煮生炒排骨同炒雜碎……」

看門口的藥物一定要帶齊，保濟丸、白花油、雲南白藥，現成的涼茶包不大管用，但板藍根與夏桑菊不可缺。聽講西人餐餐

作結。

▪ 一些還未成婚便去世的男丁，會在該世代中併合成一行以作供奉。

典型本地人祖先神位例子如下：

廿四世祖 考○○王公 妣○氏孺人 神位

廿三世祖 考○○王公 妣○氏孺人 神位

○門堂上歷代祖先之神位

廿四世祖 考○○王公 妣○氏孺人 神位

廿五世祖 考○○王公 妣○氏孺人 神位

食薯條，好熱氣。

「人地話喺嗰邊啲地方好大㗎，唔識揸車同跛咗冇分別。真係……」

從兒子寄回來的照片，看來房子很大，兩層高，有花園和客廳，比老人家的村屋大得多。但日子如何打發？不能每天到茶樓，沒有老茶客，沒有雞扎與叉燒包，沒有別人的棋局，連沒有驚喜的希望也沒有。

或許可多帶粵劇的錄音帶，無聊時聽聽。加拿大的電視台準沒有折子戲播放。對，錄音機也要收在行李中。

昌叔在皮包中取出過期的六合彩，在咭紙後面慢慢的記下：

錄音機加電池

《鳳閣恩仇未了情》

《拉郎配》

▪水上人的祖先神位與本地人又截然不同，多只供奉上一世代的先人，亦會紀念該世代中還沒有起名字便夭折的男丁，輩份較先人大的稱為「伯爺」，輩份較小名為「先童」，亦會為這些先人配上妻子，好成一對，在神位上會以「伯爺配合先娘」代表。

傳統水上人的祖先神位例子如下：

妣〇氏
顯祖考〇〇神位
妣〇氏
〇門堂上歷代之祖先
大伯爺配合先娘
二伯爺配合先娘

▪福佬及客家的祖先神位較為簡約，多以「〇門堂上歷代祖先之神位」一句代表。

《雙仙拜月亭之搶傘》

羊毛內衣。利工民的太貴，「金鹿牌」便行了

板藍根

保濟丸

兒子留學時的來信

牆上的舊相架……

「係喎，昌叔，你唔係真係將咁多世代都寫埋上去個祖先牌度呀？」老闆的提醒令昌叔的原子筆停下來。「寫晒嗰五個世代，你件祖先牌有成兩、三尺大喎，仲要係玻璃，你點攞上機呀？」

昌叔倒抽一口悶氣，茫然的看着老王。

「不如咁啦，費事麻煩，不如簡簡單單要一件單行神位，我同你加番個姓上去就拎得走。訂造要成個幾星期先有得攞㗎。」

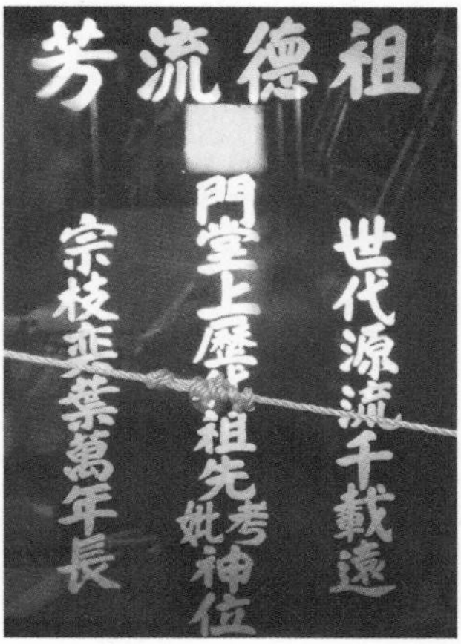

中間的一行「門堂上歷代祖先之神位」，句首的第一個字從缺，等候填上昌叔的姓氏。

老王在貨架上取下一塊已裝上金邊相架的祖先牌，上面只有三行字：「世代源流遠」，「金枝玉葉長」，中間的一行書上「 門堂上歷代祖先之神位」，句首的第一個字從缺，等候填上昌叔的姓氏。

「乜依家啲嘢咁兒嬉㗎。」昌叔腦裡想着祠堂內滿佈古董般的神主牌，眼看着這一百二十八元的祖先神位，口中溜了這一句。

老闆正彎着腰板，忙着為祖先牌抹塵和預備填字的毛筆，錯過了昌叔的呢喃。

昌叔不是讀書人，不懂得「心繫家國」這些大道理，只記得這是電視六點鐘新聞報告前，一邊播放國歌，一邊出現的字幕。

他着這簡單的祖先牌，心中酸溜溜的將滿有世侄筆跡的白紙收進口袋。他的心繫着兒子，身軀將繫着加國，卻繫不住了一些人、一些事。像他的父親。

昌叔抱着包裝妥當的新製祖先牌，不捨的賴在老王的藤椅

昌叔自覺地將頸項挺直一點，試尋找他以往看不到的角度。

上，呼吸着春日濕漉和暖的氣息，留戀着尚可留戀的時刻。老王工場內的唐狗嗲着昌叔，整條狗沒腰骨的依在他腳下，頭伏在他的鞋上。他撫着唐狗的印堂。

就這麼簡單？

就這麼簡單吧。

做人清清爽爽吧。

昌叔的肩膀長久向前傾，擔子令他的腦袋慣性的垂下來。他自覺地將頸項挺直一點，將頭抬高一點，試看多一點天空，試尋找他以往看不到的角度。眼角看到工場外不曾留意的木棉樹，樹上已掛滿火紅的花。

「木棉花咁快就開花啦，」老王站在工場門口，看着外面滿地艷紅的木棉花，「遲啲又飄到周圍都係棉花啦。」

風捲着棉絮在地上走過。

眼角看到工場外不曾留意的木棉樹，樹上已掛滿火紅的花。

畫神像的人——鍾伯

「請問鍾伯在嗎？」我再次來到這小小的舊工場，在門口探頭探腦的找尋工場的主人。

他的妻子在工場後走出來。「他不在，」她疑惑的打量我這不速之客，「他不在了。」

我倒抽一口氣，搭不上話來。

他不在。

他不在了。

呼吸與秒針瞬間停頓下來。

一心携着完成的論文，再次到訪年多前曾拜訪的工匠，分享與他們有關的內容，好有個交代，怎知事隔一年，說不上滄海桑田，雖然仍是當日的小工場，人事卻已變遷。

【祖先神像製作工序】

神像製作看似簡單，工具只有一張紅紙／一件玻璃，和一枝毛筆，但畫神像的工匠於接訂單時，已開始為顧客「度身訂造」，構思這可在家中擺上數十年的神位。以下是以玻璃製作神像的工序：

排字位

就祖先神位的訂單為例，工匠先要為顧客排列祖先神位文字的次序，並了解訂單的要求，如製成品的尺寸、顧客背景及要否加上神祇形象等；如訂單為神祇形象（如觀音、關帝），則首要了解製成品的尺寸及神祇造型。工匠亦會翻通勝，為顧客選擇吉日、時辰安裝神位，在着重硬件的製作之餘，也留意軟件的配合。

他不在了。

與鍾太道明來意後，與她坐在當日的木凳上，重溫上次到來的情景。同樣是不請自來，一位膽怯的學生帶着相機與筆記本，向她的丈夫，一位除我父母外從事神像製作的老工匠，請教他的故事。

* * *

他彎着腰板，有一句、沒一句的回應這學生的提問，手拿着昔日裁縫師父用的木摺尺，在透明薄玻璃上量度尺寸。

他的木工作枱大抵是自製的，枱面較一般的高，讓腰骨好受點吧；枱下齊整的分成兩格，玻璃與木夾板各在其位，一目了然。原本粗糙的木抽屜，經年被人重複趟開關上，邊陲已磨得光滑，木紋亮出古稀的光澤；安放在抽屜內用作刜玻璃的玻璃筆，雖然木把手已磨得光滑，筆端的小鑽石依舊閃爍。看來鍾伯十分

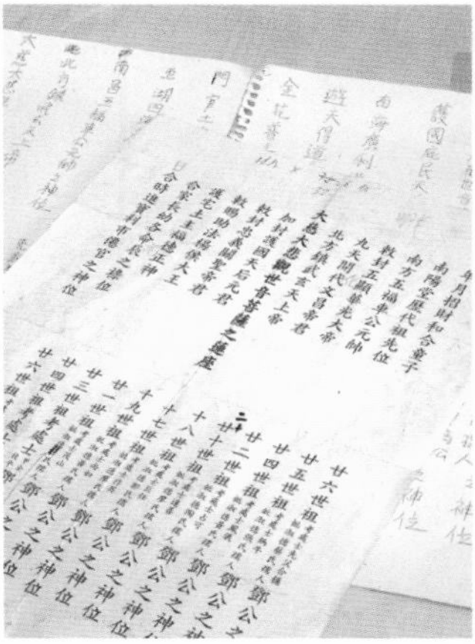

起稿

工匠了解訂單過後便開工吧。以紙張或牛油紙，因應訂單要求尺寸，起草祖先神位或神像的雛型。工匠多保留以往的草稿作日後相約訂單尺寸的參考。

顧客或會要求工匠依據家中現有神祇造型（如神祇單人造型、獨特衣飾或面向

愛惜工場的工具，每一件也用上十數年。

枱面上鋪有一張藍灰色墊子，以擺放玻璃在上面。枱上的花貓不理自己身軀肥大，強佔着工作枱的一角，懶洋洋的依偎着，一邊瀏覽街上的風景，一邊豎起耳角偷聽我們的對話，懶理主人的驅趕。

「一九六四年吧！」身穿白色汗衫的鍾伯用紅色水筆與木尺，在一片玻璃上打畫格子，勾勒出祖先字位和行數的雛型。當我問他何時投身神位製作時，他不經意的吐出這個年份。

鍾伯守在這位於元朗東堤街的小店已廿多年了，四、五百呎的小店內，陳設與廿多年前開業時大抵一樣：店鋪兩旁就地擺放大大小小已裁好尺寸的玻璃片，兩邊牆上掛滿已製成的神像和祖先神位，釘裝妥當的木畫框在店內掛得滿滿的。工場的擺設均鋪上厚厚的灰塵，如假包換的印證着工場的老字號。

等）而要求工匠重新起稿，那真要臨摹客人提供的神祇相片，由零開始的起草稿件了。

鈎畫線條/輪廓

草稿準備好後，工匠便將裁好的玻璃（多為一分或八份一吋厚薄）蓋在草稿上，準備墨汁、銀色顏料與小狼毫筆，一筆筆的將草稿上的線條/文字鈎畫在玻璃上。不要看小這功架，每條線條均粗幼均等流暢，一氣呵成（有點像在地鐵顛簸的車廂內畫眼線的技巧），倒要花上三、數年的功夫。請留意，所有文字與線條均是左右反轉，好讓鬆上顏料的一面牢牢的壓在玻璃下。

鍾伯喜愛寫字，而鍾太謙稱識字不多，工場所有神像製成品均出自鍾伯手筆，就連工場的招牌亦由他一手包辦吧。招牌白底紅字的，在中央寫上「亞中鏡業」，兩旁輔以「神樓神像　對聯擇日」與「厚薄玻璃　鏡畫相架」，開列小工場的多元化。

看來他對書法及詩詞有點情意結，在工場外貼上一對警世的對聯「錢字有二戈傷懷古今人品」，「窮根祇一穴埋沒多少英雄」。鍾伯的字就如他的人一樣，低調、嚴謹、工整、沒有花巧的，眼下全是正楷，沒有行草或草書的不羈。

鍾伯原籍梅縣，讀過一點書。他在五十年代來港後，如其他從內地到來的移民一樣，為生計拚搏，靠才幹手藝幹着各樣粗活，在貧窮邊緣掙扎。一九六四年，他在元朗大馬路恆香餅家對面，租了一間小舖，為圍頭人以玻璃製作祖先神像，為後來在元朗曾一度興盛的神像製作工藝打頭陣。

填色

當墨汁線條乾透後，便是上色。由於玻璃表面平滑，只可採用油性如磁漆的顏料。磁漆需用天拿水稀釋，再以毛筆醮上顏料，在線條間上色。神像造型各部份多為單色（如紅、綠、黃、藍、白等純色），而個別部位如面容或瑰麗衣飾（如觀音的外袍或關帝座椅上的虎皮），則用上混合色彩，營造顏色漸變、立體的效果。

至於明亮的金色，工匠則用上工業用的金粉，在深水埗的五金舖有售，小小一袋已十分「墜手」。工業用金粉幼細得很，稀釋處理時要份外留神，冷不防便會吸入體內；加上工場內天拿水的氣味，勞工口罩是隨身寶。

鍾伯對他從事的行業頗自豪，「以前有許多學生訪問我，對這行業頗有興趣。」他用木尺將肥貓掃開，一邊拿起玻璃片，順着街外的陽光，看看格子是否對稱。他熟練的拿起玻璃片，沒有戴上手套，不怕玻璃邊緣的鋒利，大抵他的手如我爸爸般粗糙。

鍾伯低調得很，他讓我在工場內隨意拍照，但再三叮囑不要拍攝他的樣子。

看着鍾伯獨力支撐這門四十多年的生意，問他有否聘請學徒或其他工匠。他指着一幅觀音，說：「他們做不了這樣的手工。以往亦曾聘請學徒，很不像話，做不了數天便請假、遲到。」他放下手上的木尺，「沒有耐性，手工亦見不了人，過一陣子便炒魷魚了。現在的後生沒有耐性從事這老行業了。」就這樣，他一雙粗糙的手，繼續撐着這小工場，養活五名子女成才。

享受與鍾伯有一句、沒一句的閒聊着，像認識新朋友，沒有

絲網印刷

由於訂單在七、八十年代日增，工匠們引入絲網印刷技術，依據一貫訂單的尺寸（如12"×16"、16"×24"或24"×36"等），製作一系列絲網作大量生產。筆者父母的絲網印刷生產線位於工場閣樓的一小角落，所佔地方不多，只有一張工作枱及一組多層木架，方便已上色的玻璃件風乾，可算「麻雀雖小，五臟俱全」。

絲網印刷過程省時，但由於一件神像需經多次重複的印刷上色，線條、顏色時有出界，手工及印刷效果較人手繪畫粗糙。

關帝的絲網印刷模具

刻意的套取資料；看着鍾伯一絲不苟的在玻璃上構思訂單的設計，雖然祖先神像製作說不上神聖的職業，姑且如我爸般將工作看作餬口的手藝，但一件製成品總會在家宅內擱上一、二十年，不得輕率粗陋，一字一筆均需工整細緻。

雖然短短一聚，但已看出鍾伯是工場與家庭的話事人，鍾太則在工場內左穿右插，檢查舖外曬晾的菜乾或鑽進舖後的廚房忙家務，是位不多言的賢內助。

臨走前我放下特意買來的餅食，心滿意足的離開這年邁的小工場；踏下工場前數級的石階梯，走遠兩步後，為這工場拍一張樣板照，在功課上交代。鍾伯在工場內的身影亦攝入鏡頭。這是唯一與鍾伯的留影。

短短的相聚，獲得的硬知識不多，我只在筆記簿上記下這數句：

絲網印刷效果

人手上色效果

「一九六四　鍾先生　梅縣　恆香對面的小店　圍村」

＊　＊　＊

鍾伯工場所處的東堤街，以往因地勢低窪，建築物均建在昇高的地台上，從車路上要踏上數級石階梯方可到達。

今天帶着完成的論文再踏上這階梯，工場只剩下鍾太，世界對她而言亦已改變，日子已不再一樣。

想不到話匣子由「他不在了」打開。一邊聽着鍾太訴說丈夫匆匆的離開，我覺得自己很殘忍，再一次喚起她的記憶，向一位陌生人訴說傷心事，再一次淚盈於睫，只因我這位陌生人與她丈夫有過一面之緣。可幸鍾伯走得了無牽掛，「是多做善事的緣故吧！」鍾太強笑着，禮貌的隱藏着眼內翻滾的淚花。

從鍾太口中，我從另一角度，了解到她的丈夫與行業興衰。話起當年，才知曉我們曾是街坊。鍾伯與爸媽同在元朗新墟開設

色彩新系列──透明顏料

神像製作自九十年代引入透明顏料，輔以皺皺的錫紙在底，看起來顏料閃耀亮麗的。現今市場上的玻璃神像以透明顏料為主，但仍敵不過一尊尊立體瓷器神像般受市場歡迎。

透明光油的閃金觀音

神像製作工場，至一九八四年元朗新墟遷拆後，他們便搬遷至東堤街現址，我爸媽則遷到元朗市租金較便宜的一端。多年後她仍記得我爸媽這老街坊，她亦依稀記起我的名字，我倒對其他鄰居沒甚麼印象。大家在三十多年後可相認起來，不其然對眼前和藹的婆婆多一份親切感。

昔日他們搬遷至東堤街時，工場前仍是市集，熱鬧得很，與顧客們仍有聯繫。當工場前的市集變成高樓，變成修車工場、老人院；當一切熱鬧漸遠離這小巷，人們開始遺忘這陳年工場，元朗市內這隱密的角落，曾在六、七十年代在元朗興旺的神像製作行業亦沒有甚麼人記起；除了數位仍默默守着工場的老工匠及他們的兒女外，隨着街上被棄置的祖先神像愈來愈多，這工藝亦漸成為歷史的一部份。

「現在神像製作是老行業了，新一輩已不拜神，只有一些本

製作神像必備

- 磁漆（各種顏色）
- 天拿水
- 工業用金粉
- 墨汁
- 小、中狼毫筆
- 稿件
- 刀片（修改用）
- 長時間扒在桌上工作的能耐
- 眾多要供養的孩子

地老顧客的訂單；自家的神位擺得穩妥，心安理得，便口耳相傳的介紹別人到來光顧吧。」她說話不多，但如她丈夫一樣謙遜，多了一份溫婉。現今工場的訂單不多，幸好她幼子承襲父親的工場，有板有眼的讓工場運作下去。

與她閒聊着上一次到訪的情景，話題扯到賴在工作枱上的花貓。原來十多歲的花貓比鍾伯早走一步。「人們都說將牠隨便扔在垃圾站吧……我不捨得，在鍾伯種的一棵木棉樹下埋葬了。畢竟十多年……」

以往在工場內，不是她丈夫便是那隻花貓伴着她，一下子丈夫與花貓相繼離去，剩下自己，淚花再次為另一位老伴灑下來，「我想解下牠頸項上的鈴鐺作個紀念……」，她以紙巾印着眼角，「就讓牠留着吧。」

現在工場內有兩隻假花貓，擺放在肥貓昔日賴着不走的地

鍾伯的工作枱

頭。鍾太很是可愛。

至今兒女是鍾太最大的安慰，「你知道，我兒子讀書時，亦曾以神像製作行業為題，做過一椿功課。不知他有否到你父親的工場搜集資料？」

這一說，大家都會心一笑。看來作為畫神像工匠的女兒/兒子，對父母的行業總有着點點情意結。

街外的街燈亮起，燈泡由暗漸明，但照亮不了這陳年小巷，只吸引蚊子在燈光下打轉。天已黑，與鍾太道別，答允下次再來。踏下石階級前再回首看看替代肥貓的假花貓，再看看鍾太那和悅的臉容，嫣然一笑。

這是我與這老工場的緣份。

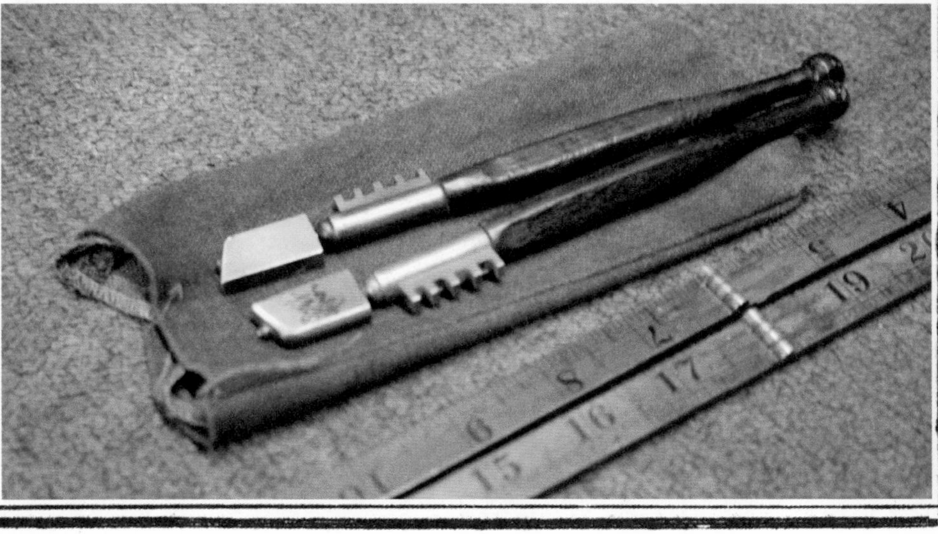

鍾伯的工具

總結篇

懷舊元朗

行人路地上擺放了一張舊報紙，紙上托着一片大荷葉，盛着十數把包裹精緻的白蘭花；一片白蘭樹的葉子捲摺成圓錐狀，中間捆着三數朵花兒，包裝既簡約又物盡其用。花兒旁有一塊小瓦通紙，上書紅字「一元扎」，其中「一」字寫得較為粗大，好強調銀碼。

淨白無瑕的白蘭小花束，只售一元，多實惠。

「唏，亞女，買白蘭呀，今早新鮮採的，好香呢！」身後的婆婆彎着腰板，殷勤的拿起一束花，將花湊近我的臉。其間婆婆警惕張望，留意着小販管理隊的身影。

花束傳來一陣天然的蜜味。

看到這些天天將居所附近田園的新鮮出品帶到街上兜售的婆

白蘭樹的葉子捆着三數朵花兒，包裝既簡約又物盡其用。

婆，總佩服她們的毅力；她們大多天未亮便摸黑到菜田收割菜心、番茄、西洋菜、南瓜等蔬果，或到荒地採割薑花、山草藥等，趁着早上買菜的繁忙時段，冒着被控隨街擺賣的危機，希望在市場外分一杯羹，多賺一個幾毫。

我媽稱她們為「婆仔」。「婆仔」，即年邁又活潑的婦女，好傳神的暱稱。

當朋友知悉我居於元朗，總興致勃勃的詢問元朗是怎麼樣，我總想起這些婆仔。

自小已在元朗居住，對這小社區的一切看為理所當然，見怪不怪的。坊間一般對元朗的印象是：坐在大坑渠旁吃大大碗的雜果涼粉、有牛（如果你在元朗看到，請告知！）、有輕鐵、有老婆餅與盆菜，多與吃喝玩樂有關。

當自己生於斯、長於斯，除了享盡以上的口福外，還體會到

既年邁又活潑的婆仔

這地方活潑謙和的性格，或只有長久住在一地，才可感應地方的氣質與微妙脈搏。

元朗市這小社區沒有銅鑼灣的中西 crossover 不夜天，旺角的潮人街頭熱鬧與中環的國際金融中心氣度；她宛如一位婆仔，有着她的過去，沒有體面的出身，只憑着她一雙粗糙的手，數十年來勤快作工；雖然不再年輕，但性格依舊積極靈活，人也精神飽滿的，閒來與友人在樹下吹吹水、打油餬（一種與橋牌相近的遊戲）。這隱沒的靈氣長久縈繞在這片小土地上，展示在河道與蘆葦間，浮現在人們眉宇間。

* * *

當你步出西鐵元朗站，試試往「南邊圍」的B出口走吧。前面是一片密集的、新舊屋宇湊合的村落，屋子肩並肩的排在一起，並列併成工整的南邊圍、西邊圍與兩者之間的元朗舊墟。

隱沒的靈氣長久縈繞在這片小土地上，展示在河道與蘆葦間。

你知道嗎，元朗市這小小地方，於戰前曾有元朗舊墟及新墟兩個繁盛的墟市，相隔只有一條河，兩者均為元朗區乃至新界西當時的商業貿易中心。

眼前的元朗舊墟是市內最早的發源地，由錦田鄧氏「光裕堂」於一六六九年從大橋墩墟搬遷至此。四、五十年前舊墟周圍全是水道及魚塘，現已滄海桑田的平整了，舊墟成為現今元朗市的邊陲地帶。

元朗舊墟由長盛街、利益街和酒街組成，沿着南邊圍的牌樓往前行，你看到一棵大榕樹，再經過一間碩果僅存的花牌店，再往前行一點，那便是長盛街的起點，又稱「南門口」。由於昔日買賣糖的店舖聚集於此，長盛街又名「糖街」。長盛街筆直的向東北伸延，在後半段與平衡的利益街與酒街相接，三條街道編成F形，指向舊墟另一邊出入口「東門口」，簡簡單單的，不容易

再往前行一點便是長盛街的起點，又稱「南門口」。

走失。

不要小看眼前七零八落、門外掛滿晾曬衣服的舊房子，元朗舊墟曾為新界區最大的墟市。當時舊墟的規模大得很，單是現存的廟宇已有大王古廟與玄關二帝廟，分別守在長盛街中段及末端；客棧、酒家、商行、當舖、煙館等全集中在墟市內。就地理位置而言，元朗舊墟水道交通發達，當時遠至深圳的商人亦到元朗舊墟營商，自深圳取道深灣即可到達舊墟。

還記得元朗絲苗嗎？當時元朗絲苗米馳名得很，曾外銷至上水、沙頭角，甚或遠至南洋。一八三七年，墟內店舖多達一百零二間，元朗舊墟在一百七十多年前，其繁盛大抵與今天的尖沙咀不遑多讓吧。

隨着元朗新墟於一九一五年在舊墟對面河岸建成，舊墟的規模及角色漸消退，現今營商活動已不復見，只有三數間商舖，售

元朗舊墟內的山寨廠已成頹垣

賣糧油雜貨或腸粉汽水；久遠的青磚屋已由店鋪轉營為住宅，屋前的木招牌全褪色了，再認不出當日店鋪的輝煌；六、七十年代的山寨廠亦已搬遷，屋瓦下塌後只餘頹垣與昔日鐵閘上鏤空的工場名字，供老公公婆婆與孫兒在屋前逗玩。

漫步於舊墟，時空順着建築物的外貌交錯着：尚存的清末青磚建築，木趟門柵已不大中用，硬撐在門口旁動彈不得，變成製飾的一部份；門眉上的灰塑壁畫一些尚未剝落，其流麗細緻的手工總令人回味不已，一些卻已風化得無影無蹤；民初兩層高的民居，時髦的陽台滲雜着西式的典雅，鐵窗的扭紋花飾數十年來牢牢守衛着家宅的同時，又不忘向街坊展示花俏；而老邁的戰後村屋又向你招手，由粒粒小石併合的水洗石牆身引誘你觸摸它；接觸那冰冷粗獷的牆面，恍如與它對話，不妨將耳朵貼近它，聽聽它的細訴低語；當你傾聽村屋的故事時，旁邊鬆上七彩顏色、玩

是否像置身於西歐小鎮

味十足的 mosaic 鐵門及併花小階磚又熱切期待你的到來。

短短的街道，十數分鐘已行畢，好一次時空交錯之旅。走在利益街的窄巷，兩旁全是舊青磚屋，電線與落地生根肆無忌憚的在半空交錯着；伯伯的大聲公收音機傳來鄧麗君甜醉的歌聲：

「小城故事多　充滿喜和樂
若是你到小城來　收穫特別多……」

不妨以一曲的時間，坐在路旁的舊麻石上，享受這片刻的懷舊，緬懷這小城的故事。

「……談的談　說的說
小城故事真不錯
請你的朋友一起來　小城來做客」

* * *

元朗舊墟已完成歷史任務，它四周發展為時尚的住宅區及

【本港尚存的神像製作工場】

筆者曾於二〇〇七年初走訪數間神像製作工場。它們大多位於新界原居民聚居如元朗、上水等地區，市區則集中在油麻地，但市區的工場多已轉營售賣瓷器神像、神樓或拜神用品。至今在元朗專門從事神像製作的工場只有兩間——元朗的亞中鏡業與永發神像鏡業，而筆者父母的工場亦於二〇〇六年結業。

亞中鏡業

亞中鏡業自一九六四年開業，初期位於元朗大馬路，後於七十年代遷至元朗新墟；新墟於一九八四年拆卸後，工場遷至東堤街現址，至今已二十多年。鍾伯為工場內唯一的工匠，獨力維持這門生意。他可算是元朗首批投身神像製作的工匠。鍾伯的顧客多為居住在元朗的圍頭人，多為相識了多年的老顧客、老朋友。鍾伯的工場製作單色及閃光顏色的神像。鍾伯於二〇〇七年末逝世。

工業邨，它對岸的老朋友——元朗新墟，亦是我兒時的舊居——亦難逃一劫，在一九八四年全拆卸，成為現今的水車館街。倒不如返回你的起點南門口，踏上行人天橋，跨越昔日為元朗涌的明渠，到新墟走一趟吧！

元朗新墟建於一九一五年，位處元朗舊墟對面的河堤，由十八鄉、八鄉、屏山及厦村等鄉紳成立的「合益公司」創辦，以應付舊墟地方不敷應用及墟市活動日漸頻繁。新墟連於河堤與元朗大馬路的三角位上，建有五條狹小的街道，即「五合街」，包括合益街，合發街，合成街、合和街及合和後街。後來河通兩旁漸填土，成為新的街道，墟市活動亦在五合街向外擴展，愈益熱鬧。

雖然現在一點舊日墟市的痕跡也沒有，只餘下高樓住宅與小巴站，但若你曾到訪元朗舊墟，不難想像舊墟昔日的樣子：同樣

永發神像鏡業

永發神像由岑女士經營，是筆者的姨媽。「半途出家」的她於十多年前自她父親（即筆者的外公）處承繼工場，並搬至元朗又新街現址繼續營業。她是工場內唯一的工匠，並沒有僱用技工。與亞中鏡業一樣，雖然工場招牌上寫有「鏡業」，但工場的訂單主要為神像製作，沒了「鏡業」的功能。除了零售訂單，她亦擴大訂單來源，承接拜神祭品商店的訂單，在農曆新年前更換神位的高峰期至為繁忙。為應付訂單，她的子女亦偶爾身兼「畫神像的女兒／兒子」，幫忙一把。

狹窄的小巷，天空滿佈錯綜複雜的電線、帆布與招牌，巨型的蟑螂與老鼠在電線上走過，行鋼線本領不濟的偶爾從電線上掉下來，把路人嚇個半死，引來途人的追打，地上的坑渠是牠們避難的好地方。

相對舊墟單層樓房的前舖後居，新墟已進步多了，多為兩層中式建築，地下為商舖，樓上為貨倉或如我家工場般下舖上居。暗無天日的戰前舊樓內，盡是木板搭成的閣樓，吱吱作響的木樓梯，下雨天屋簷的漏水與說不完的鬼故事。我家的神像工場位處合發街。三十多年前，有位小女孩喜歡含着珍寶珠，在新墟的羊腸小巷內串門子，那便是我了。

元朗新墟的墟期與舊墟相同，均為每逢三、六、九（即三日、六日、九日、十三日、十六日、十九日、二十三日、二十六日及二十九日），設有公秤，免了呃秤的爭拗。新墟內店舖承襲

蕭華記鏡業

上水蕭華記由蕭先生經營，是現今上水唯一的神像製作工場。蕭先生在六十年代移居香港，後從事神像製作工場。由於神像製作生產線近來漸遷移至內地工場，訂單數目已不復當年。蕭先生工場現今是名副其實的鏡業，主要承接玻璃工程訂單。

舊墟的多元化，金舖、山貨缸瓦舖、打棉胎、補竹籮沙煲、算命占卜、木匠、寫信佬、紙紮舖等，當然還有神像製作啦，應有盡有，所有黑白粵語長片的場景、情節與人物一應俱全，不用錄影機與導演的一聲camera，由張活游般升斗小民領銜主演的肥皂劇天天上映。

除固定的商舖外，亦設地攤及流動小販擺攤子的空地，售賣各式各樣農作物、農耕用具、日用品、山貨及糧油雜貨。昔日五合街墟期時人流水洩不通，商舖由上午七時營業至晚上九時，比現在連鎖店的營業時間還要長，墟市的興旺可見一斑。

雖然五合街已重建，但新墟外早年發展仍有跡可尋。當你站在水車館街與谷亭街之間，嘗試緬懷昔日新墟光景卻落空，不妨轉身一百八十度，眼前的老榕樹已緊盯着你。就它們的身量與年輪，便知道它們與元朗新墟一同成長，到現在仍護蔭着與五合街

新洪興

新洪興位於油麻地新填地街，在短短一條街上已有十數間神像製品零售店，新洪興佔其中兩間門店，相信該店的神像製作市場佔有率不俗。工場於六十年代開業，因就近油麻地避風塘，顧客多為避風塘的漁民，售賣水上人的祭祀用品，包括製作木雕人形公仔，以紀念去世的小孩。工場昔日亦製作紙紮用品及玻璃神像。

筆者到訪當日，工匠陳先生正忙於為一對常見擺設於茶樓禮堂的木雕鳳凰打磨剛鋪上的金鉑，讓金鉑更燙貼。環顧工場四周，已沒有玻璃神像製作的痕跡，但陳先生表示工場早期（七十年代）曾僱用一位在內地執

相鄰近、僅餘的兩所中式平房，縱然新髹的油漆與新搭建的鐵皮屋頂嘗試掩飾它們的年紀。

一起走過馬路，來蹓躂六、七十年代的元朗吧！

* * *

沿細葉榕下的公廁往西堤街走，拐過彎後，在街角你便看到久違了的街頭補鞋小店與國貨公司，再拐彎便是元朗炮仗坊。坊內的樓房自七十年代以來也沒有甚麼改變。抬頭一看，髹在一樓的「銀色廣告裝飾公司」美術字與隔壁的「八鄉鄉事會」相映成趣；樓宇的名字端正置在廣告公司與鄉事會中間，輔以建築公司寶號及落成年份「一九七一年一月吉日」；當舖的蝙蝠金錢圖案招牌下是「球記疋頭」，不知它倆會否有着相同的顧客？

縱然一些店舖早已關門大吉，遺下這些招牌，數十年來在街上風吹雨打；映在大把豔紅鳳凰木的樹蔭下，它們照樣顧盼生

教的老師。老師寫得一手好字，畫工亦上好，主要在工場內從事祖先神位與神像製作。老師退休後因缺乏工匠，工場已轉投內地神像製作的生產線，或乾脆售賣更受市場歡迎的瓷器神像。

姿，懶理在街角圍着銀行電子熒幕的股民們，笑看人們的心律與恆生指數一起顛簸着。

在這裡，時間像停留在花樣的年華：涼茶舖與電影院，麻雀館與當舖，滾熱辣的粥品店、車仔麵與街邊茶樓，五金舖外擺賣下田耕作的鐮刀與鋤頭，偶爾擺檔售賣玉石的地攤吸引你駐足觀看，順道聽聽伯伯們對古玉器與時事的評頭論足，與他們帶來的相思雀的歌聲。

倦了，到許留山「老舖」嘆杯火麻仁吧。聽說這是許留山首間門市，因此冠以「老舖」稱號。究竟「老舖」有多久？「有四、五十年了！」店員說，至於準確年份，店員也不大清楚，但店內從石刻拓印出來的墨寶，與擦得光亮的銅電暖壺上製造商的六位電話號碼，或讓你有點端倪。在這老舖內，啖着口中那顆軟綿綿的糖不甩，感覺份外親切熟稔。

不妨駐足聽聽伯伯們對時事的評頭論足，和相思雀的歌聲。

未知當年恤着「飛機頭」的老飛是否份外喜歡看戲，愛流連在涼茶舖，但元朗戲院確實就在「老舖」對面，着實跳兩步便可到戲院會佳人。元朗戲院早年只有一間大影院，分堂座與超等；其後將堂座和超等拆分為一、二院，多播數部不同的電影，以迎合市場口味。

數年前光顧戲院時，戲院仍以人手劃票。票務員坐在有着小窗口的票房內，用粗木顏色筆在座位表上草草刪去你指定的座位，又在戲票上草草寫上座號，再將戲票撕下來交予客人；觀眾手持戲票到偌大的影院內隨意入座，反正院內觀眾寥寥可數。

你知道，小時候看戲其實志不在看戲，而是開場前聚攏在戲院門口的街頭小食：燒粟米、燒魷魚、甘蔗、各式涼果、爆谷、豉油雞肶、炒栗子、鹽焗/茶葉蛋…… 真將現在戲院薯片、熱狗等小食比下去。進入戲院前，總要留連在流動檔口前左揀右

元朗戲院確實就在「老舖」對面，着實跳兩步便可到戲院會佳人。

選，磨上老半天才進場。

戲院年前新裝修，再分間多一個影院，上映首輪電影，提供舒適的紅絨座椅與凍入心脾的冷氣，與現今連鎖戲院的設施無異。這還好，以戲院裝修前的內部陳設，拼花小階磚地板、大光燈與一排排的木摺椅，陳寶珠、蕭芳芳穿着六、七十年代流行的花短裙從洗手間走出來也見怪不怪。觀眾散場時沿着旋轉扶手樓梯走出戲院，看到眼前的「老舖」、榕樹與七十年代的街景，不知身處何年何日，定過神來才猛然返回廿一世紀。

* * *

在炮仗坊品嘗過熱騰騰的及第粥與炸兩後，順着售賣百貨飾物的小攤檔前行，繞過街角圍着銀行電子熒幕的股民們，聽到輕鐵的「叮叮」響號，你便來到元朗大馬路。

一提起元朗大馬路，元朗的街坊們全知悉是這輕鐵走在上面

外牆昔日店舖名字偶爾為你帶來驚喜

的街道，但或許只有郵差才知曉這道路正式名字為「青山公路——元朗段」。

元朗大馬路筆直的向東西伸延，將元朗市分割為南、北兩部份；不遠的元朗明渠又在南、北兩部份中間齊整的切開，十字剁豆腐的將元朗市中心劃成四份。元朗舊墟宛如一點墨汁，滴在平坦的元朗平原上，墨汁順着宣紙的紋理向西南方滲化開，愈化愈開……

「叮叮！」輕鐵禮貌的鈴聲提示着它即將離站開出。

無論昔日與今天，各式各樣的商業活動均集中於此。大馬路兩旁建築物本是矮矮的兩、三層高，嶄新的華夏近十數年來錯落的進駐元朗這黃金地帶，讓元朗市的天際線現代化起來。雖然舊建築已買少見少，但餘下的三數間卻保養得宜，一點也不顯老；寬大的窗戶與樓閣，外牆昔日的店舖名字偶爾會為你帶來驚喜。

這些被遺下的招牌，它們數十年來照樣顧盼生姿。

還記得早年在一幢舊房子看到「婦兒醫院」四個字，鑲嵌在一樓外牆，經年外牆油漆一層層髹過，仍依舊隱約看到。問媽媽是甚麼一回事，才知道那兒曾是博愛醫院的產房，我媽就是在那裡出生！看着那數百尺的單位，孕婦們在簡陋的醫院內忍受生產前陣痛的煎熬，房內又傳來呱呱落地新生兒的哭聲……

在大馬路往東走，你會到達交通廣場，附近的鳳翔路、鳳琴街是元朗新發展的住宅區，這處亦是街坊們口中的「雞地」小區。廿多年前，這裡是名副其實的「雞地」，在墟日地上滿是雞與鴨，是禽畜的銷售點。雞農將一籠籠的雞鴨擱在地上，一隻隻的將雞鴨的頸項拉直，將飼料灌入，手勢純熟，不消一秒一隻，將雞鴨撐得飽滿，以賣得好價錢；在街角閹割生畜的專門店，雞、鴨、鵝、豬排着隊等待閹割，捫着耳朵不願聽到同伴的嘶叫……

除了聞名遐邇的恆香酒家及大榮華茶樓，大馬路上一所所毫不起眼的老房子及店鋪名字，都有自己的故事，只待你張開耳朵垂聽。

已消失的建築與地方，其名字與風采亦值得着墨：大棠路與教育路交界的「元朗合益有限公司市場」，為元朗首個有「瓦遮頭」的室內街市；街市旁的「光華戲院」是元朗三大戲院之一；大馬路上，與舊利舞臺有點相像的「同樂戲院」是我幼時經常蹓躂的遊樂場，免打擾兼職繪畫戲院外大型廣告板的爸爸；對面展示芝加哥建築學派的元朗匯豐銀行，曾在大馬路上與戲院打對台。

當然不能不提爸媽的拍拖勝地——「元朗娛樂場」，當時與「荔園」及「啟德娛樂場」各領風騷。你或不能想像今天元朗食街（即又新街）處曾建有像昔日荔園規模的主題公園，摩天輪、

已消失的元朗同樂戲院（現址為元朗開心廣場）。

旋轉木馬、歌劇場、遊戲攤位如磁磚擲硬幣、電動小船仔等。看來數十年前的元朗一點也不老土！

* * *

在元朗的街頭巷尾，你不難碰上自家作業的小攤檔，大多由長者主理：補鞋的、修理鐘錶的、賣針線髮夾頭繩的、山草藥的、自製炒米餅的、茶果的、蝦乾蠔豉的、氣球的、玩具的、鹹魚的、瓜菜的、古玉的……不多說了，讓你在街頭慢慢尋覓吧。

售賣草藥的地攤檔上，小碗內潤澤的不知名果子引起我的興趣，「他有咳嗽嗎？」婆仔從身後走出來，「熟黃皮呀，用來煲水飲止咳好好呀！」

婆仔始終提防被人逮着，總從遠處守望地攤，待有顧客才現身。

屋簷上的一對石獅隱藏在大街上，讓你發掘。

婆仔看來精神抖擻，「⋯⋯沒法子了，不想靠綜援過活罷，有手有腳，倒不如靠自己。兒女長大了，他們能照顧自己已很好，哪奢望養自己⋯⋯」

熟黃皮始終用不上，隔鄰新鮮製造的鳳凰蛋卷倒合我意。

携着一小盒蛋卷，繼續游走元朗巷弄，迎面全是眼熟的臉孔，像在哪裡曾偶遇過：茶樓、學校、車站？喚不出名字，卻又莫名的親切。圍頭話、客家話與年輕人的潮語不能互相溝通，偏偏大家在同一天空下相處自如，同在這小社區成長拚搏，走在同樣的街道。

或許只有「街坊」——一群活在你社區的同路人——能解釋這既遠且近的微妙關係。

對嗎，街坊？

跋

你知道嗎，跋是我整部書最急不及待提筆的一篇。

曾在電視上看到三個殘疾人士實踐夢想的小故事。「三劍俠」同住一院舍，夢想到男人至愛的鴨寮街走走，但礙於輪椅行動不便，夢想只好擱下來。院舍的社工知悉「三劍俠」的夢想，建議帶他們走一趟，為他們預約復康巴士及安排人手。

好了，「三劍俠」慢慢向夢想進發：在網上尋找鴨寮街位置，看看有甚麼必遊景點及推介食店，預備水樽與照相機，就在社工、輪椅與手提坡道協助下，游走於遊人如鯽的鴨寮街，享受街知巷聞的麵食與街頭小吃，沉醉於實踐夢想的幸福。

中五畢業後沒上過中文課的我，寫作極其量只算是興趣，說不上夢想，更遑論「揸筆搵食」或更遙遠的事；說到是否鼓勵年輕人全職從事寫作時，評審之一的許迪鏘先生當頭棒喝的一句「你要撼頭埋牆我管不了，但別說我推你一把！」更活活把我拉回現實中。

說實在的，在創作期間，沒勁提起筆疾寫，反倒引起瀏覽本地文學創作的興致。

在書店不起眼的一角，在「現代文學」書籍分類一欄下，找到寥寥可數的香港文學創作，擠不滿一行書架。首次留意本地及過客香港的作家；一個個陌生的名字：蕭紅、許地山、戴望舒、西西、小思、何福仁、董橋……他們筆下描寫的香港熟悉可親，雖然名字是剛相識，倒像與老朋友對話，有點相逢恨晚。

看來這一切並非全然是冰冷死實的牆，而是一道門，一頭栽上去，門後又是另一番景緻，縱然從門前伸延的道路還沒有鋪好，依舊荊棘滿途。

想有緣翻閱到這一頁的你，對文字創作多少有點希冀（不然你不會對此書有興趣，更連跋也不放過），或許對這「現實」掃興得很。唏，何不效法「三劍俠」，偶爾將懷着的希冀／主觀意願／幻想／夢想掏出來看看，再環顧四周，看看機會是否就在附近？我是幸運的，許先生是我的社工、輪椅與手提坡道，在他引導下毫無壓力的完成創作。

許先生的《中國語文不難學，為什麼我總是學不好？》書中提及甚麼是書，認為「書應該是廣義的，凡可讀者，都是書。一人一物，一花一草，更遑論這世界，就是書，都等着你去讀……就是洞悉、理解，以至感受……」。

我是幸運的，自小在下舖上居的工場內與父母日對夜對，靜悄悄從不同的角度八卦、洞悉、理解，以至感受這自出娘胎後便朝見口、晚見面的倆口子：他倆兒時的樣子？讀書生涯？六、七十年代拍拖的老土浪漫？初為人父母的手足無措？就這麼就地取材，他倆毫無反抗餘地的成為我創作的對象。

又或如你在大排檔嘆絲襪奶茶時，可留意夥計與茶客既抵死又充滿睿智的對答，與廚房內汗流浹背的老板極速製作餐蛋麵的過程？看來在我們身邊具「可讀性」的人與事仍有許多，只要你稍微細閱眉宇及皺紋間，不難閱到身邊有趣的點子，且看我們能否抽空感閱一下吧。

當外子將創作比賽單張塞入我手中時，同時將一個實踐希冀/主觀意願/幻想/夢想與感閱生命的機會交付與我。我是幸運的，謝謝你。

二〇〇九年六月二十三日

責任編輯　許麗卡
書籍設計　嚴惠珊
書名　畫神像的·女兒——我的元朗街坊誌
著者　王家敏
出版　三聯書店（香港）有限公司
香港鰂魚涌英皇道一〇六五號一三〇四室
Joint Publishing (Hong Kong) Co., Ltd.
Rm. 1304, 1065 King's Road, Quarry Bay, Hong Kong
香港發行　香港聯合書刊物流有限公司
香港新界大埔汀麗路三十六號三字樓
印刷　中華商務彩色印刷有限公司
香港新界大埔汀麗路三十六號十四字樓
版次　二〇〇九年七月香港第一版第一次印刷
規格　十六開（160mm × 245mm）一百六十面
國際書號　ISBN 978-962-04-2871-5

本書乃新鴻基地產及三聯書店合辦的第二屆「年輕作家創作比賽」的得獎作品之一，由評審何秀萍女士、許迪鏘先生、黃永先生、黃宏達先生、智海先生及舒琪先生負責評選及個別輔導，其內容及觀點只反映作者意見，並不代表主辦機構的立場。

新鴻基地產

三聯書店(香港)有限公司
Joint Publishing (H.K.) Co., Ltd.

觀音大士

世代源流遠
門堂上歷代祖先
宗枝奕葉長